KB069745

사랑

Vom Suchen und
Finden der Liebe
사랑

파트리크 쥐스킨트·헬무트 디틀 지음 강명순 옮김

이 책은 실로 꿰매어 제본하는 정통적인 사철 방식으로 만들어졌습니다.
사철 방식으로 제본된 책은 오랫동안 보관해도 손상되지 않습니다.

헬무트 디틀

나를 해석해 봐, 이 멍청아!

혹은 반수면 상태에서
느릿느릿 진행되는 영화 제작

2000년 5월, 나는 예전에는 경험하지 못한 새로운 형태의 수면 장애에 시달리고 있었다. 사실 잠을 제대로 이루지 못하는 것은 이미 익숙한 일이었다. 어렸을 때부터 나에게는 잠드는 것이 몹시 힘든 일이었다. 몇 날 며칠씩 잠을 자지 못한 적도 많았다. 내 경우에는 낮잠이라는 것, 예민한 아이들에게 달콤한 휴식 시간이 되는 낮잠이라는 것은 단순히 불가능한 일로 끝나는 것이 아니었다. 나에게 환한 대낮에 눈을 감고 침대에 누워 있는 것보다 더 끔찍한 일은 없었다. 나는 비몽사몽간 거의 공황에 빠졌는데, 마음속에서는 설명하기 어려운 불안이 슬금슬금 피어올랐고, 표현할 수 없을 정도로 엄청난 공포감이 나를 위협했다. 사실 낮잠은 그 반대의 효과를 기대하는 것이 아닌가.

이렇게 거의 잠을 못자는 데서 오는 신경증 때문에 난 늘 피곤에 찌든 아이였다. 그래서 그걸 보상이라도 받으려는 듯이 평소에는 거의 조증에 가까운 흥분 상태로 부모님을 힘들게 했다.

그런데 점점 나이가 들어 20대 초중반이 되자 수면 장애가 또 다른 형태로 나타났다. 물론 그때도 낮잠 같은 건 꿈도 꿀 수 없는 상태라서 밤 10시만 되면 늘 온몸이 납덩이처럼 무거워졌다. 할 수 없이 나는 그 시간만 되면 거의 자동적으로 침대에 뛰어들었다. 그러고는 옆으로 몸을 웅크린 채 베개를 두 팔로 꼭 껴안았다. 거위 털과 스위스 면화로 만들어진 신(神)의 품 안에서 편히 잠들기를 바라면서.

하지만 적어도 여덟 시간에서 열 시간 정도는 지속되기를 기대했던 니르바나와 같이 평화로운 그 상태는 10초도 지나지 않아 금방 끝이 났다. 그리고 오히려 정신이 점점 더 말똥말똥해지고 머릿속이 환해지면서 극도의 긴장 상태가 지속되는데, 그러기 시작하면 다섯 시간 정도는 잠들기를 포기해야만 했다. 잠이 들기는커녕 마치 고속도로에서 자동차들이 추월 경쟁이라도 벌이는 것처럼 온갖 상념들이 미친 듯이 질주하기 시작하는 것이었다. 온갖 생각들이 서로 부딪치고 충돌했으며, 그 과정에서 전후방 범퍼가 모두 떨어져 나갔다. 그러다가 또 방향을 잃고 빙빙 돌기도 했으며, 결국에는 교통 표지판이나 중앙 분리대에 부딪쳐 산산이 부서져 버렸다. 그런 일은 앞에서 말했다시피 보통 다섯 시간쯤 지났을 때 일어나는데, 추월 경쟁의 클라이맥스라 할 수 있는 이 순간에 도달하면, 보통 어둠 속 어딘가에서 유순해 보이는 큰 코끼리 한 마리가 나타나 무지무지 커다란 엉덩이로 조용히 내 위에 주저앉아 나를 베개 깊숙이 눌러 넣었다. 그렇게 되지 않으려고 나는 보통 이튿날 새벽 2시가 되기 전에 눈을 뜨기 위해 무진 애를 썼다. 그렇게 잠과 씨름하느라 매일 밤 나는 손 하나 까딱할 수 없을 정도로 녹초가 되었고, 거의 죽음 일보 직전의 상태에 이르렀다.

그런데 다행스럽게도 이런 현상은 스물일곱 살 무렵 끝이 났다. 그 후에는 수면 장애가 또 다른 양상으로 나타났다. 이번에는 옛날과 반대로, 오히려 침대에 눕자마자 즉시 잠이 들었고, 정확히 네 시간 후에 다시 잠에서 깨어났다. 이렇게 잠에서 깨는 시간은 보통 새벽 3시에서 5시 사이였는데, 일단 잠에서 깨면 다시 온갖 상념들이 몰려들기 시작했다. 한 가지 차이라면 이번에는 친절한 코끼리 대신 어떤 장면들이 나타났다는 점이다. 처음에는 폭풍같이 거대한 파도가 밀려오고 구름과 햇빛이 막 뒤섞였다가 차차 윤곽도 없고 형체도 없는 기호와 반점들이 나타났다. 그러고는 차차 파도가 잔잔해지면서 기호와 반점이 어우러져 연극의 한 장면처럼 더욱 더 분명하게 어떤 형상을 이룬 후 내 앞에 떡 버티고 섰다. 물론 나는 그것이 무엇인지 전혀 알 수가 없었다.

예를 하나 들어 보자. 다음은 1972년 크리스마스 연휴의 두 번째 날 밤에 나타난 장면이다. 거대한 어느 고성에서 30대로 보이는 한 여자가 너덜너덜하게 해진 가장무도회 옷차림을 하고 몹시 흥분한 상태로 의자들을 세고 있다. 그런데 의자의 형태나 크기가 제각각인 데다가 여기저기 쓰러져 나뒹굴고 있어서, 의자의 개수를 계속 세어 보지만 셀 때마다 숫자가 달라졌다. 결국 여자는 그냥 의자가 세 개 모자란다고 혼자 결론을 내린다. 그러고는 평온한 얼굴로, 정말로 마음이 아주 편해졌다는 듯이 이 결론을 옆방에 있는 어떤 남자에게 알려 준다. 옆방에 있는 남자는 내 눈에는 보이지 않는다. 그리고 장면은 끝이 난다.

앞에서도 말했듯이, 이 장면이 무엇을 의미하는지 도무지 알 수 없었기에 나는 머릿속에서 이 영상을 밀어내고 차라리 그전에 나타났던 불명확한 상징들의 폭풍 속으로 되돌아가려 했다. 하지만 그럴 수가 없었다. 그 수수께끼 같은 장면은 더욱더 완강하게 다른 영상들을 가로막으면서 끊임없이 반복적으로 내 앞에 나타났다. 나를 뚫어지게 쳐다보고 있는 그 장면은 마치 나에게 최면을 걸고 있는 것 같았다. 〈나를 해석해 봐, 이 멍청아!〉라고 말이다. 사실 그 당시 나에게는 의자의 개수를 세는 것보다 더 시급한 일이 있었다. 최대한 빨리 나의 첫 텔레비전 연속극인 「뮌헨 이야기Münchner Geschichten」의 각본을 써야만 했던 것이다. 그런데 2주 후면 촬영에 들어가기로 되어 있는데도 도무지 아무런 생각도 떠오르지 않았다. 〈나를 해석해 봐, 이 멍청아!〉 나는 아무것도, 아무 이야기도 쓸 수 없었다. 정말 단 한 줄도 이야기를 풀어 갈 수가 없었다. 도무지 아무 생각도 떠오르지 않았다. 〈나를 해석해 봐, 이 멍청아!〉 원고지도 텅 비었고, 머릿속도 텅 비었다. 배우들은 각본이 나오기를 고대하고 있었다. 도대체 무슨 각본? 각본은 없었다. 난 아무 생각도 할 수가 없었다. 〈나를 해석해 봐, 이 멍청아!〉 부탁이야, 제발 나를 좀 내버려 둬. 난 의자 세 개가 모자라는 것에 대한 영화를 만드는 게 아니라고. 그러니까 제발 나를 미치게 하지 마. 혹시 내가 벌써 미친 것은 아닐까?

끔찍한 절망감 속에서 마침내 나는 의자 세 개를 막시밀리안 박물관 건너편 이자르 강변에 가져다 놓았다. 그러고는 내 드라마의 세 주인공, 찰리, 구스틀, 아흐메드를 거기 앉혔다. 세 사람은 모두 가장무도회 복장을 하고 있었다. 그것도 카우보이 복장을. 그날 이후 나는 이틀을 꼬박 새워 「새크라멘토로 가는 긴 여정Der lange Weg nach Sacramento」의 각본을 썼다. 그 각본은 앞에서 말한 시리즈물 중 비교적 괜찮은 것들 중 하나였다. 그런데 각본을 끝내고 나서 그 장면에 대해 다시 생각해 보려 했는데, 더 이상 장면이 떠오르지 않았다. 사라져 버린 것이었다. 돌에 조각이라도 해놓은 것처럼 완강하게 버티던 것이, 나에게서 떨어지지 않고 끈질기게 들러붙어 있던 것이, 이 세상 끝까지라도 함께 갈 것 같던 장면이 도대체 어떻게, 그렇게 순식간에 사라질 수가 있단 말인가? 난 정말 한 번만이라도 그걸 다시 보고 싶었다. 가능하면 새벽 3시에서 5시 사이에 말이다. 꼭 한 번만. 하지만 그 장면은 더 이상 나타나지 않았다.

그 후에는 다른 장면이 나타났다. 「모나코의 프랑스인Monaco Franze」작업을 할 때 로스앤젤레스의 작업실에서 있었던 일이다. 내 작업실 창밖으로 꽃이 핀 오렌지 나무들이 있는 정원이 보였다. 그런데 갑자기 창밖에 창문이 하나 더 나타나더니, 그 창문을 통해 뮌헨 시내가 보였다. 더 정확히 말하면 뮌헨의 노이하우저 거리에 있는 어느 가게의 쇼윈

도였다. 그 쇼윈도 앞에 한 젊은 여자가 서 있었는데, 밝은색 트렌치코트와 검은색 보르살리노 정장을 입은 한 남자가 그녀를 향해 다가가고 있었다. 그런데 남자가 미처 말을 걸기도 전에 벌써 그녀의 목소리가 들렸다. 「혹시 저한테 말을 걸 생각이라면, 미리 말해 두겠는데, 난 당신한테 전혀 관심이 없어요.」 그러자 남자가 대답했다. 「하지만 아가씨, 사람들은 늘 약간씩은 관심이 있는 법이랍니다.」

목소리까지 나오는 이 짧은 장면은 앞에서 말했던 세 개의 의자 장면보다는 덜 수수께끼 같았다. 하지만 그 장면이 나타난 시각이 1979년 4월 6일 새벽이었고, 그것도 내가 거의 비몽사몽 상태에 빠져 있는 정각 4시 15분에 처음 나타났기 때문에 나는 약간 놀랐다. 왜냐하면 내가 캘리포니아로 온 데에는 앞으로 몇 년간은 바이에른의 내 고향 뮌헨을 꿈속에서 완전히 추방해 버리겠다는 확고한 목적이 있었기 때문이다. 〈나를 해석해 봐, 이 멍청아!〉

이번에 나에게 해석을 요구하는 것은 전나무처럼 키가 큰 두 사람이 눈이 소복하게 쌓인 한밤중의 숲속을 거니는 장면이었다. 한 사람은 끊임없이 「무지개 너머 어딘가에Somewhere Over the Rainbow」라는 노래를 흥얼거리는 아름다운 여자였고, 또 한 사람은 양복을 입은 채 수영장 가장자리에 서 있는 어떤 신사였다. 그런데 수영 가운을 걸친 어떤 남자가 그 신사에게 위협적으로 자신의 똥을 바르려 했다.

앞에서도 말했다시피 나는 끊임없이 반복적으로 나타나서는 자신이 무슨 뜻인지 해석해 보라고 하는 장면들의 요구에 늘 순종해 왔다. 수년 동안 나를 괴롭혔던 그 장면 역시 마찬가지였다. 밤마다 열 개도, 백 개도 아닌, 수천 개의 초가 켜져 있던 이탈리아 레스토랑이 무슨 의미인지 해석해 보라는 요구에도 난 복종했다. 그 장면이 처음 나타났을 때 사실 나는 몹시 놀랐다. 내가 알기로 그렇게 여러 줄로 나란히 촛불을 켜놓은 것은 공동묘지의 제단밖에 없었기 때문이었다. 그 장면에 대해 내가 할 수 있는 유일한 해석은 뭔가 죽음의 전조가 아닐까 하는 것이었다. 물론 그것은 내 자신의 죽음이었다. 하지만 이어서 두 번째 장면, 긴 금발의 아가씨가 자전거를 타고 가는 뒷모습이 나타나자 죽음에 대한 공포는 차츰 약해졌다. 그리고 별로 우울증에 빠지지 않고 장면들을 계속 해석해 나갔다. 그 해석의 결과가 바로 영화 「로시니Rossini」였다.

또한 시체가 절대로 불에 타지 않는 (《중령님! 총통 시신에 불이 안 붙습니다!》) 어느 독일 지도자에 대한 음울한 장면은 시리즈 영화로 태어났고〔「슈톤크!Schtonk!」(1992)〕, 절망적 상황에 빠진 한 뚱뚱한 코미디언이 자신의 모습이 나오는 비디오 화면에 머리를 찍고 있는 장면 역시 영화화되었다〔「레이트 쇼Late Show」(1999)〕. 그렇게 10여 년이 흐르는 동안 나는 점차 그것에 익숙해져 갔다. 이제 밤마다 나타나는 장면과 목소리들은 형벌이 아니었다. 변덕스럽고 귀찮은 방해물은커녕 오히려 고마워해야 할 선물이 되었다. 어쨌든 나는 그걸로 생계를 유지해 온 셈이었으니 말이다. 사람이란 모든 걸 다 가질 수는 없는 법이다. 잠도 편히 자면서

돈도 벌려는 것은 지나친 욕심이다.

　그런 식으로 나는 점차 수면 장애에 적응해 갔다. 장면들은 나타났다가 사라지곤 했으며, 나는 가끔은 그것들을 해석했고, 또 가끔은 해석하지 않았다. 이젠 오히려 장면들이 내 말을 따르는 것 같았고, 내가 장면들의 통솔자가 된 것 같았다. 하지만 그것은 앞에서 말했던 그 2000년 5월에, 더 좋기도 하고 더 나쁘기도 한 하나의 교훈을 깨닫기 전까지의 일이다.

　그 일은 카리브해에서 아주 평화로운 휴가를 보내고 돌아온 직후에 일어났다. 나는 후에 나의 네 번째 아내가 된, 새로운 파트너와 함께 카리브해의 어느 섬에서 평화로운 휴가를 즐기고 왔는데, 사실 그렇게 평화로운 휴가를 보내게 된 것은 무엇보다도 새 파트너가 오래전부터 그 섬에 살고 있던 나의 세 번째 아내와 놀랍도록 편안하고 친밀하게 서로를 이해했기 때문에 가능한 일이었다. 그런데 기이하게도 평화로운 휴가에서 돌아온 직후에 마른하늘에 날벼락처럼 갑자기 『요한 계시록』의 그 끔찍한 심판의 날이 닥쳤던 것이다. 수면에 관해서는 더 이상 말할 필요도 없었다. 자정 전에는 물론이고 그 이후에도 잠을 잘 수가 없었다. 새벽 3시, 4시, 5시도 마찬가지였다. 그것은 그때까지 내가 경험한 것 중에서 가장 지속적이고 가장 완벽한 악마들의 집회였다. 물론 간헐적으로 몇 초간 혹은 몇 분간 실신하듯이 기절하는 경우가 있었지만, 금세 다시 깜짝 놀라며 눈을 뜰 수밖에 없었다. 악마들의 집회는 진짜 자코뱅파[1] 당원들의 집회로 날이 밝았다. 그 속에는 여자들, 늘 내 앞을 가로막던 여자들이 있었다. 젊은 여자, 나이 든 여자, 금발 여자, 까만 머리 여자, 빨강 머리 여자, 뚱뚱한 여자와 마른 여자들이 전부 있었다. 심지어는 가장 달콤하고 부드러웠던 여자들조차 복수의 여신들로 변해 있었다. 난 우선 펠리니에게서 도피처를 찾아보았다. 펠리니의 영화「여인의 도시La città delle donne」의 시나리오를 다시 한번 읽어 보고, 지금 내가 겪는 문제가 결코 나 혼자만의 것은 아니라는 사실을 깨달았다. 하지만 그것은 아무런 도움도 되지 않았다. 복수의 여신들은 여전히, 그리고 집요하게 나를 심문했다. 나는 이 곤란한 상황에서, 그리고 점차 증대되는 이 혼란에서 나를 변호해 줄 사람, 심문으로부터 나를 옹호해 줄 사람을 찾아 나섰다. 그리고 결국 좋은 친구를 한 사람 찾아냈다. 최고의 법률가 친구를. 그런데 내가 조심스럽게 이 이야기를 꺼내자 그는 그건 자신의 소관이 아니라면서 오히려 심리 치료사를 소개해 주었다. 하지만 내가 심리 치료사한테 도움을 요청하기도 전에 한밤중의 심문은 새로운 차원으로 진행되었다. 흥미롭게도 고소를 당한 사람은 작가나 감독이 아니라 작곡가였고, 그가 자살을 해버린 것이었다. 그런데 자살로도 충분치 않았는지, 그는 죽은 뒤에도 기대했던 평온을 얻지 못했다. 그는 남성과 여성의 양성을 모두 갖고 있는 어느 신의 품에 잠시 머물렀다가 결국에는 염라대왕 앞으로 갔다. 〈나를 해석해 봐, 이 멍청아!〉

1 프랑스 혁명 때의 과격한 정치 단체. 이하 모든 주는 옮긴이의 주이다.

이 정도라면 알 것 같았다. 이전의 장면들은 이 새로운 장면과는 아무런 관련이 없었다. 여기서 난 솔직하게 인정하기로 했다. 「로시니」 때 보았던 1천 개의 촛불보다 훨씬 더 분명하게 죽음이 다가왔음을 느꼈다. 이번에는 정말 죽음을 강하게 확신했다.

그래서 우선 나는 담배를 끊기로 했다. 하지만 편안한 상태는 단 하루뿐, 이후에도 계속 머리가 아프고 식은땀이 흘렀으며, 심장에서도 통증이 느껴졌다. 그렇게 상태가 좋아지지 않자 나는 정말 두려워지기 시작했다. 이러다가 혼자서 죽는 것은 아닐까, 악마들이 내 몸 상태에 대한 최소한의 배려도 없이 마음껏 협박하고 위협하다가 정말 사고가 나는 것은 아닐까? 나는 엄청난 공포에 시달렸다. 어떤 때는 여러 여자들이 마구 뒤섞여 한 여자로 변하기도 하고, 한 여자가 다시 여러 여자들로 분리되기도 했다. 도저히 그것을 막을 수가 없었다. 그리고 아무리 정신을 똑바로 차리고 관찰해 봐도, 누가 누군지 도무지 확인할 수가 없었다. 그것은 마치 필요한 영감들이 모여 하나의 새로운 영화 작품으로 완성되어 가는 과정처럼 보였다. 물론 그것은 코미디 영화였다. 코미디는 지금까지 내가 편안하게 작업해 왔기 때문에 어느 정도는 자신 있는 장르였다.

그런데 은퇴할 나이가 되기도 전에 지옥으로 떨어지는 게 도대체 어떻게 코미디가 될 수 있을까? 제1막도 끝나기 전에 주인공이 삶을 마감해야 하는 영화는 도대체 어떤 종류의 영화일까? 도대체 그 여자 가수는 누구일까? 갑자기 지옥에 떨어져 엉금엉금 기어 다니는 여자, 작곡가로 하여금 첫눈에 사랑에 빠지게 하는 성악 전공의 여학생은 도대체 누구일까? 나는 계속해서 궁리에 궁리를 더해 봤지만 어떤 여가수의 모습도 떠오르지 않았다. 허무하게 죽음을 택하는, 불멸의 사랑에 빠진 여가수는 한 사람도 생각나지 않았다. 오랜 친구이자 이전에 공동 작업을 하기도 했던 파트리크 쥐스킨트에게 물어봤지만 그 역시 어떤 여자 가수의 모습도 떠올리지 못했다. 30년 전부터 〈나〉를 알고 있을 뿐만 아니라 이혼한 내 전처들까지 전부 알고 있는데도 말이다. 그 여자가 누구인지는 사실 그의 흥미를 끌지 못했다. 다른 악마들 역시 마찬가지였다. 흥미롭게도 쥐스킨트의 관심을 끈 것은 완전히 다른 것이었다. 그의 관심은 엉뚱하게도 영화가 시작되자마자 주인공이 죽는 영화를 과연 만들 수 있을까 하는 것이었다. 이후 우리는 별로 중요하지도 않은 이 문제에 2년간 매달려 왔고 마침내 결론에 도달했다. 결론은 〈그런 영화를 만드는 것은 불가능하다〉였다. 그런데도 우리는 그런 영화[2]를 만들기로 했다. 그리고 함께 작업을 하는 과정에서 앞에서 말한 악마들에 대한 여러 가지 흥미로운 해석에 도달했다. 또한 내게 훨씬 더 중요한 게 무엇인지에 대해서도 알게 되었다. 나는 밤의 악마들과 벌인 전투에서 이긴 것이다. 악마들은 조금씩 뒤로 물러섰다. 우리가 자신들의 의미를 해석

---

2 영화 「사랑의 추구와 발견Vom Suchen und Finden der Liebe」은 2004년 3월 30일부터 7월 26일까지 베를린, 뮌헨 그리고 그리스에서 촬영되었으며, 2005년 1월 27일 뮌헨에서 개봉되었다.

하고, 이름을 부르고, 결국은 수수께끼를 해결해 내자 그들은 마음에 상처를 입었다는 듯 사라져 버렸다. 그 후로 나는 어떻게 됐을까? 물론 나는 완전히 예전의 정상적인 생활로 되돌아왔다. 그 기분 좋은 불면의 상태로 말이다. 아이를 낳았고, 가능한 한 자주 신선한 공기를 마시기 위해 애완견과 함께 산책을 나갔다. 그러고는 또 예전처럼 잠을 설쳤고, 자주 이런저런 생각을 했다. 특히 심리 치료 행위로서 예술의 문제에 대해서.

요즘 다시 꿈에 장면들이 나타난다. 그중 하나는 아주 끈질기게 나를 쫓아다니고 있다. 그러니 그것을 언급하지 않을 수가 없다. 어디선가 돌멩이 하나가 날아오는데, 그 돌멩이가 계속 날아다니기만 할 뿐 이상하게도 영 땅으로 떨어지지를 않는 장면이다. 돌멩이는 그냥 날아왔다가 다시 먼 곳으로 날아가 버린다. 끝없이 계속해서……. 〈나를 해석해 봐, 이 멍청아!〉

헬무트 디틀과 파트리크 쥐스킨트의 시나리오

사랑의 추구와 발견

베를린. 원기둥 회랑. 운터덴린덴 거리의 오페라 하우스. 실외. 밤

(음악) 글루크[3]의 오페라 「오르페우스와 에우리디케」 중 오르페우스의 아리아 「에우리디케 없이 어떻게 살지」가 흐른다.

4월의 어느 쌀쌀한 저녁. 비가 억수같이 퍼붓고 있다. 원기둥이 비를 별로 막아 주지 못하기 때문에 바람과 함께 가끔 빗줄기가 회랑 안으로 들이친다. 절뚝거리며 걸어오는 어떤 사람의 모습이 화면에 잡힌다. 점점 가까이 다가오는 사람은 서른 살 정도의 남자이다(미미 나흐티갈). 검은색 레인코트를 입은 그 남자는 지팡이에 의지해 걷고 있다.

내레이션 미미 나흐티갈과 비너스 모르겐슈테른의 낭만적이

---

3 Christoph Willibald Gluck(1714~1787). 독일의 작곡가로 종래의 아리아 중심의 오페라를 가사와 극적 내용을 존중하는 새로운 양식으로 개혁하였다.

고 드라마틱하며 가슴이 미어지는 슬픈 사랑 이야기의 시작 역시 다른 모든 사랑 이야기의 시작과 같았다.

지팡이에 의지해 걷고 있는, 깁스를 한 다리가 화면에 들어온다.

내레이션 매우 절망적인 상태에 있는 한 고독한 남자, 걷기가 불편한 한 남자가…….

미미는 몹시 힘들게 절뚝거리며 원기둥 회랑 끝까지 걸어와 오페라 하우스 계단을 올려다본다.

내레이션 비가 주룩주룩 쏟아지는 차가운 날씨에 산책을 하다 자신처럼 고독해 보이는 한 여자를 발견한다. 뭔가 몹시 급한 일로 서두르고 있는, 또 이상할 정도로 뭔가에 정신이 팔려 있는 한 여자를…….

(미미의 시선) 오페라 하우스 입구로 젊은 여자가 나타나더니 계단을 내려와 비가 쏟아지는 거리로 뛰어간다. 몹시 흥분한 것 같은 여자는 빠른 걸음으로 미친 듯이 쓰레기통으로 다가가서 한 뭉치의 종이를 던진 후 재빨리 사라져 버린다.

내레이션 넋이 나간 듯한 그녀의 모습에서 남자는 깊고 놀라운 비밀이 숨어 있음을 눈치챈다. 남자는 그 비밀이 무엇인지 너무나 알고 싶어진다. 대부분의 남자들처럼 그 역시 망설임 속에서 하늘이 어떤 신호를 보내 주기를 기다리고 있다.

(근접) 미미가 홀린 듯이 여자의 뒷모습을 지켜보고 있다. 그 순간 마치 기적처럼 갑자기 비가 뚝 그친다. 미미는 믿기지 않는다는 표정으로 하늘을 올려다본다.

내레이션 기다리던 신호가 기상학적인 기적의 형태로 즉시 눈앞에 나타났기 때문에 그는 미지의 여인이 자신이 오랫동안 찾아 헤매던 천생연분이 틀림없다고 확신한다.

(근접) 쓰레기통. 미미는 지팡이를 쓰레기통에 기대 놓고 여자가 쓰레기통에 버린 종이 뭉치를 꺼낸다. (클로즈업) 뭔가 글씨가 쓰여 있는, 너덜너덜해진 악보 뭉치. 글루크의 오페라 「오르페우스와 에우리디케」의 피아노 편곡 부분. (클로즈업) 미미는 악보를 들여다보며 잠시 생각에 잠긴다. 잠시 후 그는 악보 뭉치를 겨드랑이에 끼고 지팡이를 집어 든 후 황급히 여자의 뒤를 쫓아간다.

내레이션 그가 지팡이에 걸음을 의지하며 그녀를 뒤쫓는다. 최대한 빠른 속도로⋯⋯.

베를린. 박물관 섬으로 이어지는 슈프레강 위의 다리. 실외. 밤

미미가 페르가몬 박물관으로 이어지는 슈프레강 위 넓은 보행자용 다리의 계단을 올라가고 있다.

내레이션 그리고 그녀는 드디어 강 위로 나 있는 다리에서 모든 위대한 사랑이 시작되는 그 장소를 발견한다.

다리 중앙. 미미가 난간 앞에 선다. 강으로 향한 반대쪽 난간에는 젊은 여자, 비너스 모르겐슈테른이 그에게 등을 보인 채 난간에 기대어 서 있다. 지금 그녀는 흐느끼느라 아무 소리도 듣지 못한 채 어둠 속에서 흘러가는 강물을 내려다보고 있다. 미미는 겨드랑이에서 악보 더미를 꺼내 겉표지를 뜯어 아래로 떨어뜨린다. 다리 밑 강물로 떨어지던 종이가 천천히 비너스가 있는 쪽으로 날아간다. 비너스는 커다란 글씨로 〈오르페우스〉라는 제목이 쓰여 있는 종이가 날아오는 것을 본다. 그녀가 깜짝 놀라 뒤를 돌아본다. 반대쪽 다리 난간에 서 있던 미미가 지팡이에 의지하면서 그녀를 향해 걸어온다.

미미 성악을 전공하는 학생이 틀림없지?

비너스 (눈에 눈물이 가득하다) 절대 아니에요. 전 테크닉도 없고 성량도 풍부하지 않고, 고음도 저음도 제대로⋯⋯.

미미 고음을 제대로 낼 줄 아는 사람은 만나지 못한 지 벌써 오래됐어. 물론 저음도 마찬가지고⋯⋯.

비너스 게다가 전 너무 감정적이에요. 자신을 제대로 통제하지도 못하는 데다가 너무 감정에만 치우치죠. 목소리는 그걸 못 따라가고……

미미 젊은 여자가 옛날 카스트라토[4]를 위해 만들어진 곡들을 무조건 노래할 필요는 없지.

비너스 스스로 믿지 못하는 사랑에 대해서 노래해서는 안 된다고 생각해요. 일생일대의 위대한 사랑 같은 거요. 죽음을 뛰어넘고, 어쩌면 죽음까지도 굴복시키는 그런 사랑 말이에요.

미미 왜 안 된다는 거지?

비너스 왜냐하면 그런 사랑은 존재하지 않기 때문이지요. 물론 과거에도 결코 존재한 적이 없었고요. 그런 사랑은 단지 환상에 불과해요.

미미 환상이라고?

비너스 (매우 격정적으로) 당신은 그 정도로 열렬히 누군가를 사랑하는 것을 상상할 수 있어요? 그렇게 영원히…… 모든 한계를 뛰어넘는, 저승까지도 쫓아갈 정도의 사랑 말이에요. 오르페우스가 에우리디케를 찾아간 것 같은 그런 사랑이오.

미미 (미소 띤 얼굴로) 당신은 그런 사랑을 믿지 못하나?

비너스 난 믿지 않아요!

미미 그 말은 못 믿겠는데. 당신은 내가 뭘 믿고 있는지 알 거야. 난 그걸 믿어……

4 여성(女聲)의 음역을 가진 남성 가수.

레스토랑 〈뉴튼 바〉. 실내. 밤

미미와 비너스가 테이블에 앉아 식사 중이다. 미미의 지팡이는 테이블에 기대어 있고, 깁스를 한 미미의 발은 비너스와 미미 사이에 놓인 다른 의자 위에 올려져 있다.

미미 (음식을 씹으며) 당신은 몇 가지 안 좋은 경험을 했고, 그때마다 깊은 상처를 받은 것 같군. 그래서 앞으로 또 생길지도 모를 상처로부터 자신을 보호하기 위해 고통스러웠던 옛 기억을 어떻게 하든 가슴속에 꼭꼭 간직하려 애쓰고 있어. 그런데 그건 더 이상 아무도 내 발을 밟지 못하도록 남은 평생을 계속 다리에 깁스를 한 채 살겠다고 결심하는 것만큼이나 어리석은 일이야. 당신 정말 포크를 우아하게 다루는군, 그거 알고 있었어?

(클로즈업) 자신의 앞에 놓인 접시 위에 있는 비너스의 손. 그녀는 오른손으로는 보통 사람들이 하듯이 나이프를 손가락 사이에 쥐고 있는 반면, 왼손으로는 마치 어린아이처럼 포크를 주먹 쥐듯이 완전히 움켜쥐고 있다. 포크 끝은 세 개의 프렌치프라이를 찌르고 있다.

비너스 아…… 미안해요!

그녀가 포크 잡는 방법을 바꾸려고 포크를 손가락 사이로 쥔다.

미미 오해하지 마! 내 말은 그렇게 잡는 게…… 그렇게 잡으
　　　면 음식을 더 잘 집을 수 있을 것 같다는 말이야……. 무
　　　척 섹시해 보이기도 하고…….

비너스 (미소를 지으며) 네?

미미 그렇다니까!

그녀가 나이프를 내려놓고 옆 의자 위에 놓인 미미의 깁스한 다리
를 쓰다듬는다.

비너스 내 눈에는 깁스한 당신의 다리도 정말…… 정말 섹시
　　　해 보이는데요. 뭔가 상처를 갖고 있거든요.

장다르멘마르크트 광장. 미미의 아파트. 실외. 밤

(음악) 한밤중의 장다르멘마르크트 광장. 아파트의 꼭대기 층에만
불이 켜져 있다.

미미의 집. 거실. 실내. 밤

(음악) 널찍한 작업실 겸 거실 중앙에는 커다란 그랜드 피아노가
놓여 있고, 키보드와 악기들 그리고 악보 보면대들이 피아노를 둘
러싸고 있다.

29

미미가 지팡이도 없이 자신의 그랜드 피아노에 기대선 채 부드러운 눈길로 비너스를 바라보고 있다. 그녀는 피아노의 다른 쪽에 서 있다. 그녀 역시 미소 띤 얼굴로 그를 바라본다. 미미는 그랜드 피아노에 의지해 절뚝거리며 그녀에게 다가간다. 마침내 피아노를 잡았던 손을 놓고 비너스의 어깨를 꽉 붙잡는다. 두 사람이 키스를 한다.

미미의 집. 침실. 실내. 밤

미미와 비너스가 미미의 대형 침대에 누워 있다. 비너스가 아직 자고 있는 미미의 이마에 살짝 키스한 후 미미가 잠에서 깨지 않도록 조심스럽게 자리에서 일어난다. 그녀가 침대 옆 바닥에 놓여 있던 옷을 입으려 한다.

미미 (off)[5] 어디 가려고?
비너스 집에요.
미미 지금 집에 있잖아.

비너스가 깜짝 놀라 미미를 쳐다본다. 미미가 그녀를 향해 손을 내민다.

미미 여기서 나랑 같이 살아!

  5 화면 밖에서 나는 소리.

비너스 음…… 그렇지만…….

미미 여기 있어, 다시는 어디에도 가지 말고!

(클로즈업) 비너스가 미미를 쳐다본다. 그러고는 미미의 손에 이끌려 침대로 되돌아온다. (근접) 두 사람이 포옹한다.

비너스 우리 이제 사랑하는 거죠……. 항상 그리고 영원히?
미미 항상 그리고 영원히!

미미의 집. 실내. 밤

7년 후. 얼핏 보아도 나이가 들어 보이는 고독한 미미 나흐티갈이 담배를 피우며 자신의 집에서 악기 사이를 왔다 갔다 하고 있다. 파자마를 입고, 그 위에는 목욕 가운을 걸치고 있다. 면도도 하지 않은 초췌한 모습이 슬퍼 보인다. 침실로 향하는 이중문은 열려 있다. 대형 침대가 방 안을 꽉 채우고 있다. 사용하지 않은 지 오래다.

내레이션 〈항상 그리고 영원히〉는 다른 사람들의 경우와 마찬가지로 꼭 7년간 지속되었을 뿐이다. 더 정확하게 말하면 2천5백 번의 밤과 낮이었다. 처음 5백 번의 밤은 아주 행복하게 지나갔다. 그 이후에 이어진 2천 번의 낮에는 자꾸 문제가 생겼다. 특히 미미가 성악 전공의 여학생 그레텔 그리엔아이젠[6]을 어떻게 해서든 성공한 가수 비너스 모르겐슈테른으로 바꾸려고 끊임없이 노력한 것이 두 사람의 사랑에는 지극히 좋지 않은 결과를 불러왔다.

(오버랩)[7]

음향 스튜디오. 실내. 밤

비너스가 U자 형태의 방음이 되는 녹음실에서 마이크 앞에 서 있다. 미미는 음향 기술자와 함께 두꺼운 유리창 뒤, 음향 기기 앞에 앉아 있다.
(클로즈업) 비너스가 헤드폰을 벗는다. 완전히 지친 표정의 비너스가 이마에서 흘러내리는 땀을 닦아 낸다.

비너스 이번에는 또 뭐가 문제죠?
미미 전부 다.
비너스 (체념한 목소리로) 벌써 예순네 번째라고요…….
미미 그래, 그렇군. 그런데도 내 귀에는 왜 이게 처음…… 하

---

6 여주인공의 본명.
7 하나의 화면이 끝나기 전에 다음 화면이 겹치면서 먼저 화면이 차차 사라지게 하는 기법.

고 똑같지?

비너스 그럼 이걸 처음이라고 쳐요!

미미 처음 건 정말 쓰레기였어. 그리고 난……

비너스 (말을 막으며) 다시 해요!

저항하는 듯한 태도로 그녀가 다시 머리에 헤드폰을 쓴다. 반주가 시작되었다. 이번이 마지막이라는 듯 비너스가 노래에 온 힘을 기울인다.

비너스 (노래한다)

나 당신과 함께 가리Ich gehe mit dir

이 세상 끝까지bis ans Ende der Welt,

시간이 멈출 때까지bis ans Ende der Zeit,

유성들이 쏟아져 내릴 때까지bis es Sternschnuppen

schneit……

미미 (노래를 중단시키며) 그만, 그만. 그게 아니라니까 그래! 〈개애gähä〉가 아니라 〈게에gehe〉란 말이야. 또 〈앤대Ändä〉가 아니라 〈엔데Ende〉라고.

비너스 좀 전에 당신 입으로 그랬잖아요. 〈E(에)〉는 〈에〉가 아니라고. 〈에〉보다는 오히려 〈Ä(애)〉로 발음하라고 말이에요.

미미가 화를 내며 자리에서 일어선다.

미미 아니, 난 그런 말 한 적 없어.

그가 녹음실 문을 벌컥 열고 비너스를 향해 뛰어든다.

미미 난 이렇게 말했을 뿐이야. 〈애〉가 오히려 〈에〉로 발음
되는 경우도 있고, 반대로 〈에〉는 오히려 〈애〉로 발음할
때가 있다고. 그리고 〈게에〉의 경우에는 오히려 〈에〉를
〈애〉를 아주 강하게 발음할 때처럼 해야 한다고 말이야.
반대로 〈유성들이 쏟아져 내린다〉, 〈슈테른슈누펜〉에서
는 물론 〈에〉보다는 〈애〉가 더 자연스러워. 왜냐하면 어
느 누구도 〈슈테에른슈누펜Schteeernschnuppen〉이라
고는 발음하지 않기 때문이야. 멍텅구리나 함부르
크…… 사람 정도만 그렇게 하지. 도대체 내 말이 무슨
뜻인지 알아듣기나 한 거야? 강아지처럼 깨갱거리는 당
신 목소리에서 뭔가 독특한 걸 끄집어낼 수만 있다면 정
말 못할 일이 없겠어. 내 똥구멍이라도 까발려 보일
텐데.

비너스가 흥분해서 헤드폰을 벗어 던진다.

비너스 나가요! 이제 끝났어요! 다 끝났다고요! 거지 같은 당
신 노래는 당신 혼자 불러요……. 당신이 만든 이 쓰레
기 같은 감정들은 당신 혼자서 알아서 해요. 도대체 감
정이라곤 약에 쓸래도 찾을 수가 없어요. 당신은 자기가

어떤 사람인지 알기나 해요? 당신은 사디스트예요. 난 당신이 뭘 원하는지 진작부터 알고 있었어요. 하지만 이젠 아무래도 상관없어요. 당신은 교활한 사람이에요. 당신 음악은 쓰레기예요. 노래도 마찬가지고요. 전부 다 쓰레기라고요. 난 이제 떠나겠어요. 그러니 이젠 〈개애〉든 〈게에〉든, 〈슈태애른슈누펜〉이든 당신 마음대로 해요.

그녀가 문을 향해 걸어간다. 미미가 그녀를 잡는다.

미미 계속 노래해!
비너스 (비명을 지르며) 난 노래하지 않을 거예요.

미미가 자신을 놓으려 하지 않자, 비너스가 미미의 얼굴을 손으로 밀친다. 미미는 그녀를 계속 붙잡고 있다.

미미 그래! 날 때려! 조용히 나를 치라고! 하지만 노래는 계속해!

비너스가 한순간 절망적인 표정으로 미미를 쳐다보다가 다시 한 번 그의 얼굴을 친다.

미미 (조용한 목소리로) 당신을 사랑해.

(클로즈업) 비너스와 미미가 잠시 서로의 얼굴을 쳐다본다.

미미 (나직한 목소리로) 노래하도록 해.

그가 돌아서서 다시 음향 조정실로 간다. 비너스는 마이크 앞으로 가 헤드폰을 다시 쓴다.

미미 (off) 반주 다시!

비너스는 눈물로 얼룩진 얼굴로 노래를 부른다.

비너스 나 당신과 함께 가리
　　　 이 세상 끝까지,
　　　 시간이 멈출 때까지,
　　　 유성들이 쏟아져 내릴 때까지…….

(오버랩)

미미의 집. 실내. 밤

미미가 혼자 그랜드 피아노 앞에 앉아 술을 마시고 있다.

내레이션 몇 년의 세월이 흐르고 흰머리가 조금씩 나기 시작하면서 커다란 성공을 거두었지만, 그 과정에서 위대한 사랑은 이미 사라지고 없었다.

포츠담. 신(新)궁전. 실외. 밤

비너스와 미미가 신궁전 정원에 마련된 무대 앞에 운집한 수많은 관객의 맨 앞줄에 서 있다. 무대 위에는 흰색 그랜드 피아노가 놓여 있다. 벌써 몇 마디 말을 한 것이 확실해 보이는 사회자 해리 노이만이 비너스와 미미를 향해 몸을 돌린다.

해리 어떤 평론가가 이런 말을 했습니다. 노래는 누군가의 귀에 들어갔다가 다른 사람의 귀로 다시 또 흘러 들어갈 때 히트를 친다고 말이죠. 제가 한마디 덧붙인다면 그 정도로는 안 된다는 겁니다. 그 사람은 착각한 겁니다. 진짜 히트곡, 메가톤급 히트곡은 더 이상 사람들의 귀에서 빠져나가지 않고 귓속에 머물러 있는 법입니다. 우리 귓속에 머물러 있는 소리가 곧장 뇌로 올라가 뇌 속에 들어 있는 건반을 두드리고 그것이 소리로 울려 나오는 것입니다. 우리에게 필요한 것은 바로 그런 재능입니다. 단 하나의, 유일하고, 진실한 재능이지요. 비너스와 미미는 바로 그 재능으로 우리에게 「이 세상 끝까지」를 선물해 주었습니다. 정말 대단한 노래, 슈퍼 뮤직, 슈퍼 발

라드지요. 자, 이제 그녀의 목소리를 느껴 보십시오. 돌처럼 딱딱해진 마음도 눈 녹듯이 녹여 버릴 정도의 부드럽고 달콤한 목소리를.

청중들이 웃음과 함께 박수를 보낸다. 비너스의 얼굴이 자부심과 기쁨으로 환해졌다. 반면 미미는 돌처럼 굳은 얼굴로 그녀 옆에 서 있다. 해리가 두 사람을 향해 무대 위로 올라오라는 신호를 보낸다.

해리 비너스 모르겐슈테른 양과 미미 나흐티갈 씨에게 1억, 아니 10만 장의 판매고를 올려 준 「이 세상 끝까지」에 골든 디스크를 수여하도록 하겠습니다.

(무대 위) 해리가 비너스와 미미에게 골든 디스크를 증정한 후 비너스와 포옹하고 키스한다. 이어서 미미를 포옹하기 위해 미미 쪽으로 몸을 돌렸으나 이미 그는 그랜드 피아노를 향해 걸어가고 있다. 비너스 역시 마이크를 들고 그랜드 피아노 옆으로 다가간다. 미미가 노래의 앞부분을 반주하기 시작한다. (클로즈업) 비너스가 미미를 쳐다보고 있다.

비너스 (조용한 목소리로 미미에게) 당신은 왜 이제 더 이상 나를 사랑하지 않는 거죠…….

(클로즈업) 미미.

미미 (계속 연주하면서) 당신은 더 이상 예전의 당신이 아니니까.

(근접) 비너스가 청중을 향해 노래하기 시작한다.

비너스 나 당신과 함께 가리

　　이 세상 끝까지,

　　시간이 멈출 때까지,

　　유성들이 쏟아져 내릴 때까지……

　　당신의 손길이 내 곁에 머무르는 한,

　　당신의 눈길이 내 곁을 떠나지 않겠다고 약속하는 한,

　　나 당신을 떠나지 않으리.

　　나 결코 당신을 떠나지 않으리라!

(근접) 미미. 무심한 태도로 비너스의 노래에 피아노 반주를 하며 그녀에게 말한다.

미미 7년 전의 당신은 그야말로 순진무구한 여자였어…….
사랑스럽고, 로맨틱하고, 믿음이 깊고, 부드럽고, 예민하고…… 그리고 정말 천진난만했지. 당신은 나한테 꿈을 줬어. 하지만 지금 당신의 모습은 어떤지 알아? 냉정하기 짝이 없는 사업가야. 재빨리 톱 텐 순위에 들어갈 만한 유행가 나부랭이나 원하는 얼음장 같은 아프로디테가 바로 당신이라고.

당황한 비너스가 노래를 멈추고 미미를 향해 소리를 지른다.

비너스 도대체 날 이렇게 만든 사람이 누구죠? 나한테서 예
전의 그 순수함을 빼앗아 간 사람이 누구냐고요? 당신
은 마치 집을 개조하는 것처럼 나를 바꿨어요. 벽돌 하
나도 난 내 마음대로 할 수 없었어요. 모든 것을 당신 뜻
에 따라야 했으니까요. 옷차림, 화장법, 머리 모양, 걸음
걸이, 식사 예절, 화법, 생각, 심지어 친구들과 이름까지
도 말이에요. 한때 내가 가졌던 모든 것을 당신을 위해
포기했다고요! 그런데 지금 당신은 더 이상 당신이 사
랑했던 예전의 내가 아니라고 비난을 하는군요. 당신은
지금 제정신이 아니에요.

청중들이 어리둥절한 표정으로 무대 위의 두 사람을 쳐다보고 있
다. 단 한마디 대꾸도 없이 미미가 자리에서 벌떡 일어나 무대를
내려간다. 급히 무대 위로 올라간 해리가 흥분한 비너스의 팔을 붙
잡고 달래 보려 한다.
(클로즈업) 비너스가 미미의 뒷모습을 지켜보고 있다. (비너스의
시선) 미미가 어둠 속으로 사라져 간다.

베를린 장다르멘마르크트 광장/미미의 집. 실외/실내. 밤

목욕 가운을 걸친 미미가 거실 창가에 서서 담배를 피우며 슬픈

얼굴로 광장 너머 콘서트홀을 내려다본다.

내레이션 이별 선물로 미미는 연인에게 최고로 슬픈 노래를
   작곡해 주었다. 모든 연인들이 이별 후에 제기하는 절망
   적인 물음들을 담고 있는 노래를.

(미미의 시선) 콘서트홀 전면에는 비너스의 얼굴과 이름이 크게
인쇄된 스크린 광고판이 걸려 있다. (음악) 비너스가 노래한다.

비너스 (off)
   이별 후에 사랑은 어디로 가나?
   그윽하게 나를 바라보던 당신의 눈길은 어디로 갔나?
   당신의 미소가 불러오던 기적은 어디로 갔나…….

콘서트홀. 실내. 밤

무대 위에서 비너스가 콘서트홀을 꽉 메운 관중 앞에서 열정적으
로 미미의 연가를 노래하고 있다. 그녀의 시선은 맨 앞줄 귀빈석
중앙에 유일하게 비어 있는 한 자리에 고정되어 있다. 비어 있는
자리 옆에는 헬레나 슈토코프스키와 그녀의 남편 테오가 손을 맞
잡고 앉아 있다.

비너스 (계속 노래한다)

…… 매혹적인 당신 목소리는 어디로 사라져 버렸나?

이별 후에 사랑은 어디로 가나…….

그토록 위대하던 사랑, 당연한 것처럼

늘 그 자리에 있던 사랑은,

그 어떤 것으로도, 그 누구도 몰아낼 수 없는

확실했던 사랑은…….

(클로즈업) 테오가 눈을 감은 채 고통스러운 표정으로 앞을 보고 있다. 갑자기 테오의 겉저고리 주머니에서 핸드폰이 진동한다. 테오가 깜짝 놀라 핸드폰을 꺼낸다.

테오 (핸드폰을 향해 작은 소리로) 뭐? 물론 그녀는 아직 노래하고 있어. 그래, 바로 자네가 만든 그 노래야. 거의 자네의…… 뭐라고? 제기랄. 이봐, 미미…….

헬레나가 테오를 쳐다본다. 테오는 미미도 함께 노래를 들을 수 있도록 최대한 조심스럽게 핸드폰을 무대 쪽으로 돌린다.

콘서트홀. 실내. 밤/미미의 거실. 실내. 밤/전화 통화

비너스 (계속 노래한다)

…… 설사 우리가 우리 자신을 배신한다 해도,

설사 우리가 우리 자신을 배신한다 해도,

사랑은 우리 곁에 머물렀네,

또 우리 곁에 머물고 싶어 했네,

사람들이 자신을 걷어찬다 해도

결코 사람 곁을 떠나지 않는 강아지처럼…….

헬레나가 테오를 쳐다본다. 테오는 체념한 표정으로 다시 눈을 감고 노래를 감상하고 있다. 그녀가 테오의 손에서 핸드폰을 뺏어간다.

헬레나 (핸드폰에 대고) 미미, 제발 그녀를 잊어버려요! 그녀는 당신 인생의 첫 여자도 아니었고, 또 당신의 마지막 여자도 아니……

미미 마지막 여자야!

비너스 (노래하고 있다)

그런데, 어느 날 이별이 왔네

은밀하게 조용히 살금살금 다가와

우리를 함께 데려가지 않는다네…….

미미가 전화기를 떨어뜨리는 바람에 통화가 중단된다.

콘서트홀. 실내. 밤

노래가 끝났다. 비너스가 고개를 숙여 청중에게 인사한다. 우레와 같은 박수가 터진다. 헬레나와 테오 역시 의례적으로 몇 번 박수를 친다. 사진 기자들이 무대 앞으로 달려 나간다. 비너스가 그들을 향해 미소를 짓는다. 순회공연 기획자인 해리 노이만이 커다란 꽃다발을 들고 무대 위로 올라가 비너스에게 키스를 한다. 두 사람이 함께 사진을 찍는다.

콘서트홀. 실내. 밤

외투를 입고 모자를 쓴 테오가 텅 빈 객석, 자신이 앉았던 자리로 돌아온다. 그냥 두고 갔던 핸드폰을 찾기 위해서이다. 자리 밑에 놓여 있던 핸드폰을 찾은 그가 핸드폰을 끈 후 주머니에 집어넣는다. 그가 다시 밖으로 나가려는데, 무대 쪽에서 비너스의 목소리가 들린다.

비너스 (큰 소리로) 테오!

뒤돌아보니 무대 끝에서 비너스가 친구들한테 둘러싸여 (그중에는 해리도 있다) 출구 쪽으로 가는 것이 보인다. 친구들이 꽃다발들을 챙겨 들고 밖으로 나가는 동안 비너스가 혼자 무대를 가로질러 앞으로 걸어온다. 콘서트 직후에 비너스를 만나는 것이 별로 달갑지 않다는 것을 테오의 표정에서 역력히 읽을 수 있다.

비너스 우린 앞으로도 계속 만날 수 있는 거죠? 나와 당신 부

부, 당신 부부와 나 말이에요. 어쨌든 우리도 그동안 친
구가 되었으니까요.

테오 그야 물론이지요…….

비너스 그 사람과 나 사이가 끝났다고 해서 우리 사이까지
끝날 필요는 없는 거지요?

테오 물론 그럴 필요는 없어요. 그건 두말할 필요도 없는 일
이지요. 음…… 오히려 그 반대라고 생각합니다. 혹시
두 사람이 다시 잘될 수도…….

비너스 아니에요. 테오, 우린 끝났어요. 영원히 말이에요. 난
더 이상 그 사람 생각을 안 할 거예요. 그리고 그 사람에
대해서 알고 싶지도 않아요……. 그런데…… 그 사람은
좀 어떤가요?

테오 별로 좋지 않아요.

비너스 안 좋아요?

테오 매우 안 좋아요.

비너스 매우 안 좋다고요?

비너스의 얼굴이 슬퍼진다. 다음 순간 그녀가 재빨리 몸을 돌려 무
대 위에서 그녀를 기다리는 해리를 향해 걸어간다.

레스토랑 〈보르하르트〉. 실내. 밤

손님들이 꽉 찬 레스토랑 안에서는 비너스의 순회 콘서트 개막 축

하연이 벌어지고 있다. 비너스가 해리의 에스코트를 받으며 식당 안으로 들어서자 사방에서 환호성과 박수가 터져 나온다. 비너스가 축하하는 사람들을 향해 손을 흔들기도 하고, 입맞춤을 보내기도 하면서 손님들 사이를 뚫고 지나간다. 자부심과 피곤이 함께 뒤섞인 표정이다.

미미의 아파트 앞. 실외. 밤

테오가 미미의 집으로 올라가는 계단 앞에 서 있다. 헬레나는 자동차 운전석에 앉아 있다.

테오 헬레나, 지금 그를 혼자 내버려 둘 수가 없어서 그래.
헬레나 (화를 내며) 그럼 난 내버려 둬도 돼요?
테오 하지만 당신은 지금 실연을 당한 게 아니잖아.
헬레나 당신 늘 그렇게 다른 사람들 걱정하고 챙기는 거 정말 감동적이군요. 단 한 사람, 날 빼놓고 말이에요.

헬레나가 자동차 창문을 올린다.

테오 헬레나, 5분 안에 빨리 올라갔다 내려올……

테오가 미처 말을 마치기도 전에 헬레나는 차를 출발시킨다.

미미의 집. 실내. 밤

촛불 한 개가 거실을 밝혀 주고 있다. 미미가 눈을 감은 채 커다란 안락의자에 앉아 있다. 그의 오른쪽에는 테오가 담배를 피우면서 위로하듯이 친구의 손을 부여잡고 있다. 빈 와인병들과 탁자 위에 있는 가득 찬 재떨이가 사랑에 상처받은 미미의 영혼이 얼마나 괴로워하는지 여실히 보여 준다.

미미 (테오를 향해) 도대체 콘서트 후에 그녀가 정확하게 뭐라고 했어?

테오 미미, 그걸 어떻게 정확히 기억해? 난 속기사가 아니라고……. 그냥 몇 마디 말을 했어……. 나 역시 마찬가지고……. 전체적으로 내가 받은 인상으로는…… 이제 새 삶을 시작했다는 거야……. 자네가 없는 인생…… 그리고…… 또…….

미미 정말 그렇게 말했단 말이야?

테오 뭐라고?

미미 (추궁하듯이 집요하게) 그녀가 분명히 그렇게 말했냐고? 〈난 이제 정말 그 사람 없이 새 인생을 시작하고 싶어요〉라고 말이야?

테오 미미, 이제 모든 게 완전히 끝난 걸 기뻐하도록 해!

미미 그녀가 그렇게 말한 게 확실해?

테오 자네 역시 그렇게 말했잖아.

미미 그래…… 그렇게 말했어. 사는 게 너무 힘들어서 말

47

이야…….

테오 처음부터 그랬어, 미미! 사실 두 사람은 전혀 어울리지
않았거든, 그녀는 자네한테 맞지 않았고, 자네 역시 그
여자한테 맞지가 않았어.

미미 테오, 그녀는 내 인생의 하나뿐인 위대한 사랑이야. 우
린 7년간을…….

테오 (말을 중단시키며) 두 사람은 늘 싸우기만 했어……. 난
자네가 그녀의 무식함 때문에 얼마나 괴로워했는지를
다 지켜봤다고.

미미 그건 사실이 아니야. 그녀는 아주 지적인 여자야. 물론
머릿속에 든 게 별로 없다는 건 인정해. 하지만 영혼은
안 그래. 아무튼 가슴으로 느끼는 것에서는 자네 부인
머리보다 더 지적이야.

테오 그래그래. 아픔은 가슴으로 느끼는 법이지! 내가 바보
같은 소리를 했군. 7년 동안 자네가 어떻게 살았는지 알
아? 지난 7년 동안 자넨 야심에 찬 어느 여학생의 하인
으로 살아왔어. 기껏해야 합창단원 정도면 족했을 여자
를 자네의 모든 예술적 이상을 쏟아부어 최고로 만들어
주었다고. 음악사에 길이길이 남을 뛰어난 곡들로 말
이야…….

(클로즈업) 미미가 절망적인 표정으로 테오를 쳐다본다. 테오가
자리에서 일어난다.

테오 그래! 그녀는 한 남자에게 상처를 주었어. 만약 그녀가
　　　 자네를 만나지 않았더라면 아마 그녀는 행복한 사람이
　　　 되었을 거야!

레스토랑 〈보르하르트〉. 실내. 밤

(음악) 비너스는 시끌벅적한 축하연으로 완전히 녹초가 되어 있
다. 계속 미소 띤 얼굴로 행복을 가장하는 일이 점점 힘들어진다.
(클로즈업) 비너스가 잠깐 눈을 감는다. 그러고는 젖은 이마를 손
으로 닦으면서 옆에 놓인 의자에 앉는다. 갑자기 현기증을 느끼는
듯하다. 해리가 그녀를 향해 고개를 숙인다.

해리 (걱정스러운 말투로) 몸이 안 좋은 거예요?
비너스 네, 그래요. 잠깐 바람 좀 쐬고 와야겠어요…….

그녀가 자리에서 일어나 심호흡을 한다.

비너스 금방 돌아올게요.

그녀가 출구 쪽을 향해 걸어간다.

프랑스 거리/장다르멘마르크트 광장. 실외. 밤

코트를 걸친 비너스가 천천히 〈보르하르트〉 레스토랑을 걸어 나와 콘서트홀 북쪽 프랑스 거리를 가로질러 장다르멘마르크트 광장으로 향한다. 그녀가 화면에서 사라지자마자 콘서트홀 남쪽으로부터 미미가 나타나더니 천천히 〈보르하르트〉 레스토랑 쪽을 향해 걸어간다.

장다르멘마르크트 광장. 실외. 밤

비너스가 커다란 광장에 홀로 서서 미미의 집을 올려다본다. 창밖으로 희미한 불빛이 비친다.

(짧은 회상 신)

처음 만난 날, 비너스와 미미가 침대에 누워 사랑을 나누고 있다.

레스토랑 〈보르하르트〉 앞. 실외/실내. 밤

레스토랑 건너편에서 코트를 입은 미미가 두리번거리며 유리창을 통해 식당 안을 들여다보고 있다.

(클로즈업) 미미가 잠시 고민하다 다시 집으로 가려고 몸을 돌린다.

장다르멘마르크트 광장. 실외. 밤

(클로즈업) 비너스가 다시 한번 미미 집의 창문들을 올려다본다. 그러고는 식당으로 돌아가려고 몸을 돌린다. (전경) 커다란 광장 오른쪽으로부터 비너스가 화면에 등장하고, 왼쪽에서 미미가 등장한다. 두 사람은 특별한 목적지도 없이 그냥 산책하러 나온 사람처럼 천천히 서로를 향해 걸어오다가 광장 한가운데에서 딱 마주친다. (근접) 미미와 비너스가 마주서서 서로를 쳐다본다.

비너스 당신…… 산책하러 나온 거예요?

미미 그래, 요즘…… 이 시간쯤에 산책하는 습관이 생겼거든……. 잠들기 전에 말이야. 당신은?

비너스 나 역시 그래요……. 예전보다는 산책을 더 자주 하는 편이에요. 이른 새벽 일어나기 직전이나…… 아니, 그러니까 내 말은 잠자리에서 일어난 직후란 말이에요……. 아침 식사 전에요.

미미 음…… 난 요즘은 아침을 전혀 안 먹어. 아침에는 가볍게 커피 한 잔으로 때우는 편이야. 점심때나 뭘 좀 먹고 있어. 토스트나 계란 같은 거, 아니면…… 칠면조 요리 같은 걸로.

비너스 난 이제는 육식을 하지 않아요. 채소하고…… 과일만 먹어요.

미미 그래? 그게 건강에 좋긴 하지.

비너스 그래요, 아주 좋아요.

미미 어떤 거?

비너스 어떤 거 뭐요?

미미 채소 말이야. 어떤 채소냐고?

비너스 애호박…… 같은 걸 먹어요.

미미 애호박이라고? 당신이 애호박을 먹는다고?

비너스 그래요. 어때서요?

미미 (일부러 감격한 듯이) 물론 좋지! 그런데 전에는 애호 박을 안 먹었잖아……. 당신, 내가 항상 〈제발 애호박 좀 먹어 봐. 한 번만 먹어 보라니까. 이거 정말 몸에 좋은 거 야〉라고 했던 말 다 잊었어?

비너스 정말 그런 것 같아요. 애호박은 정말 몸에 좋아요. 난 요즘 하루에 두세 개씩 먹어요. 그 정도면 충분한 것 같 아요……. 그 이상 먹고 싶지는 않아요. 그런데도 정말 굉장히 효과가 있어요.

미미 나도 세 개에서…… 네 개 정도 먹고 있어.

비너스 그래요? 우리가…… 헤어지게 된 게…… 그 점에서는 잘된 것 같네요.

미미 그래, 지금 이 상태가 아주 좋아……. 그러니까 이제 아 주 솔직하게 결론을 내릴 수 있을 것 같아. 우린 더 이상 사랑하지…… 않는다는 것을.

비너스 그래요. 이게 좋아요. 나도 이제 더 이상 아무것도 꾸
밀 필요가 없어진 게 아주 좋아요. 그리고 솔직히 말해
서 더 이상…… 사랑하지 않게…… 된 것도요.

두 사람이 고개를 끄덕인다. 잠시 침묵이 흐른다.

비너스 당신은 이제 더 이상 날 사랑하지 않는다는 거네요?
그렇죠?

미미 물론 사랑하지 않아. 그건 당신도 마찬가지 아니야?

비너스 저요? 당신을요? 물론 나도 확실히 그렇다고 생각
해요.

다시 잠시 침묵이 흐른다. 두 사람이 서로를 쳐다본다.

비너스 저…… 음…… 저 이제 친구들한테 돌아가 봐야겠어
요. 내일 아침 순회공연을 떠날 예정이라 빨리 잠자리에
들어야 하거든요.

미미 나도 빨리 집에 가야 해. 짐을…… 여행 가방을 꾸려야
하거든.

비너스 당신도…… 당신도 어딘가로 떠나는 거예요?

미미 그래. 나도 휴식이 좀 필요한 것 같아. 그리고 좀 멀리
떠나야 기분 전환도 될 것 같아서…… 신선한 공기를 마
시고 싶기도 하고.

비너스 그렇군요······. 나 역시····· 그럼 잘 가요, 미미. 그리
    고 잘 자요.

미미 잘 가요, 슈테른헨![8]

(전경) 잠깐 동안 두 사람은 망설이듯 마주 서 있다. 그러고는 다
시 서로 다른 방향으로 텅 빈 광장을 떠난다.

테오의 집. 실내. 밤

완전히 지친 모습의 테오가 아이의 방문을 연다. 그러고는 살금살
금 아이 침대로 다가가 들여다본다. 침대가 비어 있다. 테오가 헬
레나의 침실로 다가가 방문을 노크한다.

테오 헬레나?

아무런 대답이 없다. 그가 방문을 열고 안으로 들어가 조심스러운
발걸음으로 아내의 침대로 다가간다. 아내의 침대 역시 비어 있다.

테오 헬레나?

---

8 여주인공의 가수로서의 예명인 Venus는 독일어 발음으로는 베누스로,
미와 사랑의 여신 비너스를 가리키며, Morgenstern은 샛별(금성)을 의미한
다. 여기에서 〈별〉이라는 뜻의 슈테른을 따오고 거기에 〈작고 귀엽고 깜찍한〉
이라는 의미를 가진 독일어 접미사 chen을 붙여 미미가 비너스를 부르는 애
칭으로 사용하고 있다.

그가 헬레나 침실의 목욕탕 문을 열어 본다. 목욕탕 역시 비어 있다. 테오가 복도를 따라 자기 방으로 가서 문을 연다. 잠옷 차림의 헬레나가 그의 침대에서 책을 읽고 있다.

테오 당신 도대체 내 침대에서 뭐 하는 거지?

헬레나 당신을 기다렸어요. 보시다시피 책을 읽으면서요.

테오 레안더는 어디 갔어?

헬레나 할아버지 할머니 집에 갔어요.

테오 왜?

헬레나 한 이틀 정도 아무한테도 방해받지 않고 우리 둘만의 시간을 보낼 필요가 있을 것 같아서요.

헬레나가 책을 덮고 안경을 벗는다.

테오 우리 두 사람한테 뭐가 필요하다고?

헬레나 서로를 좀 더 가까이 느낄 필요요.

테오 뭐…… 가까이?

헬레나 오늘 나한테는 그게 아주 중요한 문제예요.

테오 그래? 음…… 하지만 난 그럴 필요를 못 느끼는데. 내 상태가 어떤 줄이나 알아? 거의 밤새도록 정신병자 같은 친구 옆에서 말도 안 되는 사랑의 마법에 대한 이야기를 귀가 따갑게 듣고 왔어. 이제 그런 얘기라면 더 이상 듣고 싶지 않아.

헬레나 사랑에 대해 이야기하는 게 아니에요. 난 섹스에 대해 말하고 있다고요.

테오 잠깐만, 헬레나! 섹스에 관해서라면 우린 분명히 합의
한 걸로 아는데. 당신 입으로 말했잖아, 나한테는 그런
기대 안 한다고. 그 용도로는 필요하지 않다고 말이야.
그건 우리 관계하고도 맞지 않고, 그동안의 우리 생활
방식에 비추어 봐도 맞지 않는 일이야.

헬레나 나도 알아요. 하지만 우리도 한 번쯤은 즉흥적으로
섹스하면 안 되는 거예요?

테오 (하품을 하며) 즉흥적으로? 어떻게? 우린 그 점에서는
늘 의견이 일치했잖아……. 미식가적인 관점에서 볼 때,
사람들의 섹스는 짐승들의 행위하고는 달라야 한다고
말이야. 〈즉흥적인 섹스로 얻는 기쁨은 별로 오래가지
못하고, 그렇기 때문에 유치한 행위예요〉라고 당신 입
으로 말하지 않았던가? 섹스가 필요할 경우 미리 시간
을 두고 알려 줘서 준비를 하도록 하는 것이 정신적으
로, 육체적으로 그리고 위생적으로도 필요하다고…….
자, 이제 내 침대에서 내려오실까?

헬레나는 자리에서 일어나는 대신 1미터나 되는 대형 침대의 한쪽
옆으로 비켜나더니 어서 오라는 듯 두 팔을 활짝 펼친다. 테오는
침대에서 자신의 잠옷을, 그리고 탁자에서 책을 집어 든 후 몸을
돌려 아무 말 없이 방에서 나간다.

테오의 집. 실내. 낮

테오와 헬레나는 말끔하게 옷을 차려입고 아침 식사 중이다. 그녀
는 드레스를, 그는 양복을 입고 있다. 두 사람은 각자 자신의 노트
북 컴퓨터를 앞에 놓고 일정을 체크하는 중이다.

헬레나 수요일이 어때요? 11일 말이에요, 저녁 5시 30분에
　　어때요?

테오 (깜짝 놀라며) 그건…… 그건, 바로 모레잖아!

헬레나 그래서요?

테오 내 생각에는 좀 갑작스러운 것 같군…… 일정이 좀 촉
　　박하다고.

헬레나가 다시 자신의 노트북을 들여다본다.

헬레나 그럼 금요일은 어때요……. 그날은 11시까지는 법정
　　에 있겠지만, 오후 1시쯤이면 집에 올 수 있는데.

테오 (놀란 얼굴로) 금요일 1시…… 낮 1시에?

헬레나 침실에서 도대체 무슨 사고라도 일어날까 봐 그래요?

테오 그렇기는 하지만…… 음…… 통계적으로 볼 때 대부분
　　의 사고는 집 안에서 발생하거든……. 당신, 다음 주 형
　　편은 어때?

헬레나 앞으로 몇 주 동안은 정말 정신없이 바빠요.

테오 흠…… 그거 유감이군. 그럼 5월은 안 되겠고, 6월도 형

편이 안 좋아. 오순절 휴가잖아.

헬레나 그래요. 오순절 휴가 때가 좋겠어요.

테오 잠깐, 잠깐! 그때는 레안더하고 같이 휴가를 보내기로 했잖아.

헬레나 하나를 얻으면 하나는 포기해야죠.

테오 안 돼! 휴가 중에 아이가 갑자기 문이라도 열고 들어오면 어떡하려고? 우리가 하고 있을 때 말이야……. 아니면 열쇠 구멍으로 들여다볼 수도 있잖아?

헬레나 그런 식으로 말하면 여기 우리 집에서는 더 이상 안 된다는 거잖아요. 그럼 도대체 언제 어디서 할 수 있어요?

테오 헬레나, 일곱 살짜리 꼬마한테 엄마 아빠의 그…… 동물적이고 징그러운 행위를 본다는 게 얼마나 끔찍한 체험인지 알아? 어쩌면 아이는 아빠가 엄마를 아프게 한다고 생각할지도 몰라. 당신이…… 그 왜…… 비명을 질러 댈 때 말이야.

헬레나 도대체 내가 언제 비명을 지른다는 거예요?

테오 어쩌면 그 아이는 나중에 정상적인…… 그러니까…… 자연스럽고…… 충실한 성생활을 할 수 없을지도 몰라…… 자기 아내하고 말이야! 당신, 설마 그러길 바라는 건 아니지?

헬레나 또다시 그 이야기로 돌아온 셈이네요?

테오 도대체 무슨 이야기로 돌아왔다는 거지?

헬레나 (분명하게) 섹스!

테오 헬레나, 도대체 왜 당신은 섹스밖에 관심 없는 여자처럼 끊임없는 도발로 우리의 이 평화로운 가정생활을 위태롭게 하는 거지?

헬레나 섹스밖에 관심이 없는 여자? 정말이지 내가 석 달에 한 번만이라도…….

테오 석 달에 한 번? 당신은 날마다 섹스 얘기를 하잖아! 정말 그런 얘기 듣는 거 신물이 나. 물론 더 이상 그 문제에 대해 말하고 싶지도 않고. 당신이 앞으로도 계속 섹스 얘기만 한다면 난 다시는 섹스를 안 하겠어.

단호한 태도로 테오가 자신의 노트북을 덮는다.

헬레나 당신 혹시…… 다른 여자 있는 거예요?

테오 다른…… 여자?

음악 대학. 강당. 실내. 낮

강당은 학생들로 꽉 차 있다. 그것도 전부 여학생들로. 테오는 강의 원고를 손에 든 채, 연단 위에 놓인 그랜드 피아노 쪽으로 다가가 의자에 앉는다.

테오 신사 숙녀 여러분…… 숙녀…… 숙녀 여러분!

몇몇 여학생이 킥킥거리며 웃었다.

테오 19세기와 20세기의 오페라에 나타난 광적인 사랑, 죽음을 불사하는 사랑, 사랑과 고통, 동경과 충만⋯⋯.

세 번째 줄에 앉아 있는, 시력 나쁜 여학생 둘이 앞쪽으로 몸을 기울인 채 동경에 가득 찬 눈길로 교수님의 얼굴을 쳐다보고 있다.

테오 죽음과 구원은 1865년에 절정에 이르게 됩니다. 바로 트리스탄의 곡조에서죠.

테오가 피아노로 리하르트 바그너의 「트리스탄과 이졸데」에 나오는 그 유명한 곡조를 연주한다. 바로 이 순간 테오의 양복 겉저고리 주머니에서 핸드폰이 울린다. 몇몇 여학생이 키득거린다.

테오 (핸드폰에 대고 화를 내며) 지금은 전화 받기가 힘들어⋯⋯ 뭐라고?
미미 (off) 테오, 도와줘! 난 더 이상⋯⋯.
테오 뭐라고?
미미 (off) 이 집에서 살 수가 없어. 더 이상 내 발로 직접 이 집 문지방을 넘어갈 수가 없다고.

테오가 학생들을 등지고 피아노 쪽으로 몸을 돌린다.

테오 도대체 지금 어딘데?

미미 (off) 우리 집 현관문 앞에 있어. 중앙 계단 쪽 말이
야……. 계단 아래쪽, 저 밑을 내려다보니까 막 현기증
이 나……. 계단이 소용돌이처럼 빙빙 돌아, 테오. 금방
이라도 뛰어내려야 할 것만 같아. 저항할 수 없는 어떤
힘이 저 심연 속으로 나를 끌어당기는 것 같아.

테오 미미, 바보 같은 짓 하지 마! 내가 금방 갈게. 다시 집 안
으로 들어가라고. 그리고 짐을 꾸리도록 해. 내가…….

미미 (off, 약하게) 이제 더 이상…….

테오 진정해! 내가 금방 간다고.

테오가 핸드폰을 끈 후 주머니에 도로 집어넣는다. 그러고는 가방
과 모자, 코트를 챙겨 들고 강당을 빠져나간다. 여학생들이 어리둥
절한 표정으로 그의 뒷모습을 지켜본다.

미미 집 앞의 층계참. 실내. 낮

면도도 안 한 미미가 담요를 뒤집어쓴 채 현관문 앞 층계참에 놓
인 간이침대 위에 앉아 있다. 현관 밖에서 밤을 새운 것이 틀림없
어 보인다. 테오가 손에 팬티를 들고 현관으로 나와 미미에게 팬티
를 보여 준다.

테오 (화를 참으려 애쓰며) 이브 생로랑 팬티는 없어, 미미!

캘빈 클라인 상표뿐이야.

미미 (고개를 저으며) 안 돼. 그건 입을 수 없어.

테오 (화를 내며)도대체 캘빈 클라인은 왜 안 되는데?

미미 그건 그녀가 사준 거야. 산후안에서 말이야, 푸에르토
리코…… 거기 갔을 때…….

테오 물론 나도 알아, 미미. 알다마다. 빌어먹을……. 이게 싫
으면 자네가 직접 들어와서 짐을 싸도록 해. 자네하고
여기서 고작 팬티 나부랭이에 대해 토론하자고 2백 명
이나 되는 학생들을 내팽개치고 온 게 아니라고…….

미미 난 이 집에 들어갈 수가 없어. 여긴 그녀랑 7년을 살았
던 집이야…….

테오가 마치 깃발을 흔드는 것처럼 손으로 팬티를 빙빙 돌리면서
집 안을 가리킨다.

테오 (말을 중단시키며) 미미, 제발. 이 집에서 자넨 많은 여
자들하고 잠을 잤고 또 살았어. 한밤중에 잠시 들렀다
간 여자들이나 낮에 잠깐씩 왔다 간 여자들은 제외하고
도 말이야!

미미 그래. 하지만 그 여자들은 떠났어. 그 여자들은 단 한 명
도 여기 머물지 않는다고. 그런데 그녀는 여기 있어. 방
마다 그녀가 있어. 문마다 있어. 수건에서 전부 그 여자
냄새가 나. 악보에서도 전부. 피아노 건반에서도 그래.
들어가서 피아노 냄새를 맡아 봐! 들어가 봐! 들어가서

냄새를 맡아 보라니까!

미미의 집. 실내. 낮

테오가 미미의 피아노 앞에서 망설이고 있다. 미미는 현관문 밖에 서 있다.

미미 냄새를 맡아. 냄새를 맡아 보라니까!

테오 미미, 지금 맡고 있잖아.

미미 아니, 아니. 그렇게 말고. 내 말이 거짓이라고 생각하는 거야? 거짓말이 아니야. 건반 냄새를 맡아 보라니까. 피아노 안쪽 냄새도 맡아 보고. 제일 낮은음에서부터 제일 높은 C음까지 전부…….

테오 미미, 제발…….

미미 날 위해 한 번만 그렇게 해줘. 제발 건반의 냄새를 맡아 봐.

테오가 고통스러운 얼굴로 미미를 쳐다보다가 피아노 위로 몸을 숙인다. (클로즈업) 테오가 코를 킁킁거리며 건반의 냄새를 맡아 본다.

미미 냄새가 나지? 그녀는 피아노 건반에 자신의 오라를 남겨 놓았어!

테오 그건 오라가 아니라 그냥 손가락 땀 냄새야. 그것도 바로 자네의 손가락 냄새. 함께 나는 나쁜 냄새는 기껏해야 자내의 담배 냄새겠지. 자네 손가락에 밴 니코틴 냄새. 그러니 제발 걸레랑 알코올을 가져다가…… 그 뭐야…… 오라인지 뭔지를…… 닦아 내도록 해.

미미의 아파트. 엘리베이터. 실내. 밤

테오가 미미를 여행 가방과 함께 엘리베이터로 밀어 넣는다. 미미는 낡은 파란색 여행용 칫솔을 손에 들고 추억에 잠긴 눈길로 바라보고 있다. 엘리베이터의 문이 닫힌다. 테오와 미미가 아래로 내려가는 동안 테오는 외투 주머니에서 예쁘게 포장된 작은 초콜릿 상자를 꺼내 달콤하고 흐뭇한 표정으로 바라본다.

테오 자네, 이 초콜릿을 칼립소한테 좀 전해 주면 고맙겠어……. 그 왜 우리 집에서 청소하던 여자애 말이야. 그럼 그 애가 정말 좋아할 거야……. 이런 초콜릿은 섬에서는 구하기 어렵거든……. 그 애가 정말 좋아할 거야……. 〈이 향긋한 냄새의 초콜릿〉을…… 부드럽고…….

그가 미미의 겉저고리 주머니에 초콜릿을 넣는다. 미미가 테오의 코밑에다 낡은 여행용 칫솔을 가져다 댄다.

미미 테오, 혹시 우연이라도 그녀를 만나게 되면 이 작은 파
　　　란색 칫솔을…….

테오 (말을 끊으면서) 난 그녀를 안 만나.

미미 자네, 그녀를…… 안 만날……거야?

테오 안 만나.

미미 그렇다면…… 그녀한테 아무 말도 하지 마.

체념한 듯 미미가 칫솔을 도로 주머니에 넣는다.

장다르멘마르크트 광장. 미미의 아파트 앞. 실외. 밤

택시 한 대가 멈춰 서 있고, 여행 가방이 실려 있다. 미미가 테오를
잡아당겨 말없이 포옹한다. 아주 오랫동안. 마침내 그가 포옹을 풀
고 택시에 올라탄다. 얼굴이 밝아진 테오가 출발하는 택시를 지켜
보고 있다.

베를린 공항 앞. 실외. 밤

택시가 공항 출국장 앞에 멈춰 선다. 미미가 차에서 내려 여행 가
방을 트렁크에서 꺼낸 후 공항 건물로 들어간다. 아테네행 비행기
가 이륙한다.

오스트제바트의 호텔 앞. 실외. 밤

잔잔한 바다, 환하게 불을 밝힌 특급 호텔의 해변이 천천히 화면에 잡힌다. 화면 앞쪽으로 비너스의 순회 콘서트 버스가 서 있다. 비너스와 해리가 차에서 내린다. 그들 뒤로 반주자들이 악기를 들고 버스에서 내린다.

비너스 (off, 흥분한 목소리로) 당장 전화해요! 피아노도 치우고 침대도 치워 달라고요. 난 다른 방에서 자겠어요…….

오스트제바트의 호텔 방. 실내. 밤

비너스 (계속 말한다) 전화를 하라니까요. 난 이 호텔에서 나가겠어요…….

해리가 침대 위 비너스 옆에 앉아 그녀를 달래고 있다.

해리 (부드러운 목소리로) 슈테른헨, 나의 슈테른헨…….

비너스가 해리의 부드러운 손길을 휙 피하면서 자리에서 일어나 흥분한 상태로 방 안을 오간다.

비너스 (흥분해서 떨리는 목소리로) 나한테 슈테른헨이라고 부르지 말라고 했잖아요! 그 남자는 매일 밤 이 피아노 앞에 앉아서 새벽 5시까지 연습을 했어요……. 그럼 난 단 한숨도 잠을 자지 못했지요. 그렇다고 다른 방으로 갈 수도 없었어요. 그가 혼자 있으려 하지 않았으니까요. 그러고는 그 사람은 낮에 하루 종일 잠을 잤어요. 커튼으로 창을 완전히 가린 채로요. 햇빛이 조금이라도 들어오면 큰일이 났지요. 그러면서도 자신의 행동에 대해 단 한마디 불평도 허용하지 않았어요. 그래서 난 온종일 혼자서 산책을 했어요……. 해변을…… 파김치가 될 때까지요. 그러니 저녁마다 공연을 할 때면 그 사람은 생기가 넘쳐흘렀고…… 난 너무 기운이 없어서…… 현기증에 시달렸어요. 그 남자는 마치 신들린 듯이 연주를 했죠. 물론 자기가 만든 곡들을요……. 난 다른 어떤 노래도 부를 수가 없었어요……. 그런데 슬프게도 난 그 사람이 원하는 만큼 노래를 하지 못했어요. 경쾌하면서도 애달프게…… 절제하면서도 풍부하게…… 단순하면서도 세련되게…… 감상적이면서도 아이러니하게……. 당신이라면 그렇게 지친 상태에서 그런 식으로 노래를 부를 수가 있겠어요?

옛날 기억이 밀려오자 비너스가 울기 시작한다. 그러고는 그녀에게 다가오는 해리의 품에 안긴다.

해리 이제 더 이상 울 필요 없어, 슈테른헨. 당신이 원하는 걸
내가 전부 해줄 테니까. 다른 방, 다른 호텔, 모든 걸 말
이야…… 단지…… 이제 제발 그 남자를 잊어. 그를 잊
어버리기만 하면 돼.

비너스가 말없이 고개를 끄덕인다.

에게해의 어느 섬 앞에 있는 여객선. 실외. 해뜨기 전

해가 뜬다. 미미가 배 위에서 바다를 내려다보고 있다. 수평선 위
로 어렴풋이 섬의 모습이 보인다.

몽타주[9]. 실외. 낮

해가 완전히 솟았다. 배가 점점 섬에 가까워진다. 배가 어느 한적
한 선착장으로 미끄러지듯이 들어간다. 해변 뒤쪽에는 성처럼 두
개의 커다란 둥근 탑이 있는 빌라가 서 있다(헬레나의 빌라). 빌라
의 벽은 흰색으로 칠해져 있고, 창틀은 파란색이다. 미미가 섬의
선착장으로 들어가고 있는 뱃머리를 향해 걸어간다.

9 따로따로 촬영한 화면을 적절하게 떼어 붙여서 하나의 긴밀하고도 새로
운 장면이나 내용으로 만드는 일. 또는 그렇게 만든 화면.

내레이션 (off) 미미 나흐티갈로 하여금 연인과 헤어진 직후에, 헤어진 연인과 유난히 행복한 시간을 보냈던 그곳으로 가도록 만든 이유가 무엇인지 우리는 모른다. 만약 추억을 회상하며 이별의 고통을 느끼려는 의도였다면 도대체 왜 하필 그리스의 그 섬, 사방 천지에 염소와 양 떼뿐인 그 섬으로 갔을까? 혹시 고독 속에서 바다를 바라보며 다시 내면의 평화를 얻으려 했던 것일까? 아니면 오히려 바로 그 현장, 한때 그녀가 그를 유쾌한 황홀경에 빠지게 했던, 그리고 에로틱한 엑스터시의 쾌감을 알게 해주었던 그 장소에서 추억이라는 고통스러운 악마들을 직접 대면함으로써 쫓아내려고 했던 것일까?

그리스의 섬. 헬레나의 빌라 아래쪽 계곡. 실외. 낮

멀리서 들리는 뱃고동 소리. 양치기 움막 근처에서 칼립소가 염소들의 젖을 짜고 있다. 그녀는 가난한 농부처럼 허름한 옷차림이다. 맨발에다 머릿수건을 두르고 있다. 뱃고동 소리를 듣자 자리에서 일어나 계곡을 지나 해변으로 달려간다. (칼립소의 시선) 보트 한 척이 만을 통과해 빌라로 올라가는 입구에 멈춘다. 보트의 뱃머리에는 미미가 서 있고 그리스인 어부가 보트를 몰고 있다.

헬레나의 빌라. 선착장. 실외. 낮

미미가 보트에서 내려 여행 가방을 손에 들고 빌라로 통하는 가파른 계단을 올라간다.

헬레나의 빌라 뒤편 언덕. 실외. 낮

언덕 꼭대기에 칼립소가 나타난다. 그녀는 치즈와 빵과 야채가 가득 든 바구니를 들고 빌라를 향해 달려간다.

헬레나의 빌라 앞. 올리브 숲. 실외. 낮

미미가 천천히 정원을 지나 빌라로 걸어간다. 걸어가다가 독특한 모양의 어떤 우물에 시선을 던진다. 우물 주변을 옛날 건물 유적의 남겨진 기둥들이 빙 둘러싸고 있다. (미미의 시선) 우물 안으로 들어갈 수 없게 되어 있다. 철로 만든 구조물, 새장 모양의 철골 구조물이 여러 겹으로 우물을 덮고 있다. 미미는 여행 가방을 내려놓고 철골 구조물로 된 정자를 향해 다가간다. 쇠창살로 되어 있는 입구의 문은 자물쇠로 안전하게 보호되고 있다. 미미가 창살을 통해 뚜껑이 열려 있는 우물 속을 들여다본다. (근접) 우물 속의 어두컴컴한 심연.

(오버랩)

헬레나의 빌라 앞. 올리브 숲. 실외. 밤

7년 전. 우물 바닥에서부터 올라오는 시선. 둥그런 우물 입구로 밤 하늘이 보인다. 호기심에 가득 찬 미미와 비너스가 우물 가장자리 를 짚고 안을 들여다보고 있다. 테오가 손전등으로 우물 입구를 비 춰 준다.

테오 돌을 던져 봐!

미미가 작은 돌멩이를 집어 우물 밑으로 던진다. 모두 돌이 부딪치 는 소리를 들으려고 귀를 기울인다. 테오가 흐뭇한 얼굴로 미소를 짓고 있다.

테오 (자랑하듯이) 봤지, 아무 소리도 안 들리잖아. 돌이 곧
　　　장 지하 세계로 떨어졌기 때문이야. 죽은 자들의 나라인
　　　하데스[10]로 말이야. 여기 이 구멍이 바로 지하 세계로 통
　　　하는 입구야. 그리스 전체에 이런 입구가 딱 세 개뿐이
　　　거든. 그런데 그중 두 개는 이제 막혀 버렸고, 하나만 남
　　　아 있는데, 그 하나가 바로 이거야! 이곳을 통해 오르페

---

　　10 그리스 신화에 나오는 죽은 자들의 세계이자 그곳을 다스리는 신의
이름.

71

우스가 죽은 아내 에우리디케를 찾으러 지하 세계로 들
어갔던 거지.

미미 사람들 말일 뿐이야.

그런 것을 소유하고 있다는 뿌듯함으로 만면에 미소를 띤 채, 테오
는 자신의 우물 옆에 서서(당시에는 아직 쇠창살이 씌어 있지 않았
다) 손님들에게 비밀 통로에 대한 이야기를 하고 있다.

테오 단순한 소문이 아니야. 모두들 그걸 확실하게 믿고 있
단 말이야. 우리 집, 이 우물 때문에 어떤 일이 벌어졌는
지 자네는 상상도 못할 거야. 우리가 이 집을 사기 전이
었는데, 바로 이곳 선착장 선술집 주인이 우물 안으로
들어갔어……. 말하자면…… 우물로 뛰어든 거지. 시장
(市長)인 동생의 아내였던 젊은 애인이 생선 중독으로
죽자 그 여자를 다시 데려오겠다고 말이야.

테오의 설명이 계속되는 동안 점점 더 서로에게 다가간 미미와 비
너스는 겉으로 보기에는 테오의 말에 귀를 기울이는 것처럼 간간
이 맞장구도 쳤지만 사실은 완전히 다른 일에 몰두하고 있었다. 미
미는 자신의 손을 비너스의 얇은 여름 스커트 밑으로 집어넣어 그
녀의 엉덩이를 쓰다듬고 있었고, 그녀 역시 손을 미미의 바지 속으
로 집어넣어 그의 애무에 화답하고 있었다.

테오 그 일 이후로 경찰과 교황이 이 우물을 콘크리트로 막

으라고 하고 있어. 경찰은 안전 때문이고, 교황은 지하 세계에 대한 자신의 생각과 다르기 때문이야. 하지만 죽은 남자의 아내와 동생은 그들이 돌아올 수 있도록 이 입구를 그대로 놓아 둬야 한다고 주장하고 있어. 한마디로 표현하면 이래. 입구가 〈열려 있는〉 동시에 〈닫혀 있어야〉 한다는 거야. 한 가지 문제는 사람들이 이걸 그 옛날 델포이의 신탁과 관련이 있을 거라고 생각하는 점이야.

미미 다른 문제인데, 테오. 우리 침실은 어디야?

테오 당신들 침실? 아, 그거…… 여기, 이 집 2층에 있어.

미미 (참지 못하고) 위치가 정확히 어디냐고? 빨리! 우린 지금 급하단 말이야……. 급하다니까,

테오 아, 그래. 화장실이라면 바로 여기 1층에도 있어, 현관문 뒤 우측이야.

미미 아니, 아니.

비너스 2층이 낫겠어요.

테오 계단을 올라가서, 2층 오른쪽 두 번째 방이야.

미미 고마워. 우리 금방 돌아올게.

미미와 비너스가 손을 맞잡고 집을 향해 뛰어간다. 그들이 사라지자마자 헬레나가 아기를 돌봐 주는 칼립소와 함께 정원 쪽에서 나타난다. 그녀는 갓난아기 레안더를 품에 안고 있다.

헬레나 두 사람은 어디 갔어요?

테오 잠깐 2층에 갔어……. 급히 할…… 일이 좀 있어서…….

그 순간 2층에서 자지러지는 교성과 헉헉대는 숨소리가 들려온다. 테오와 헬레나가 어안이 벙벙해서 위층을 올려다본다. 칼립소가 킥킥거리며 웃는다.

헬레나의 빌라. 테라스/거실. 실외/실내. 밤

바다를 향해 있는 테라스에 헬레나와 테오가 식탁에 마주 앉아 있다. 촛불로 불을 밝힌 식탁에는 4인분 식사가 준비되어 있다. 두 사람은 식탁에 마주 앉아 미미와 비너스를 기다리며 귀를 기울이고 있다. 2층에서는 아까와 마찬가지로 자지러지는 교성과 깊은 신음 소리가 들려온다. 그 소리는 밤새도록 계속될 것처럼 보인다. 칼립소가 양고기 스테이크를 가져다 놓고 다시 집 안으로 돌아간다. 테오가 양복 겉저고리의 단추들을 만지작거린다. 그것이 헬레나의 신경을 더 건드린다.

헬레나 저 사람들 양고기가 다 식어야 올 모양이에요, 테오. 내가 2층으로 올라가서 중단시키고 말겠어요.

테오 잠시만 더 기다리도록 하지……. 이제 곧…… 아마 금방…… 끝날 거야. 시간이 갈수록 확실히 소리가 작아지고 있잖아. 아마 이제는 거의…… 마지막…… 단계에 이르렀을 거야.

헬레나 지금 여기가 러브호텔은 아니잖아요, 테오? 난 적어
　　　도 1년에 몇 주 정도는 조용히 휴식을 취하려고 이 집을
　　　구입한 거예요. 바닷가에서 들려오는 파도 소리와 매미
　　　소리만 들으면서 보내려고요…….

헬레나가 말을 하다가 중단했고 얼굴을 굳히며 귀를 기울인다.
2층에서 아주 나지막하고 부드러운 노랫소리가 들렸기 때문이다.

비너스 (off, 노래한다)
　　　잘 자라, 우리 아가.
　　　앞뜰과 뒷동산에
　　　새들도 아가 양도 다들 자는데…….

(근접) 테오와 헬레나가 서로의 얼굴을 쳐다본 후 다시 2층 침실
을 올려다본다.

헬레나의 빌라. 손님용 침실. 실내. 밤

비너스가 좁은 침대 가장자리에 앉아 있다. 그녀가 노래를 부르면
서 잠든 미미의 머리를 쓰다듬는다.

비너스 (노래한다)
　　　달님은 창밖으로

은구슬 금구슬을 보내는 이 한밤······.

잘 자라, 우리 아가,

잘 자라, 우리 아가······.

칼립소 (off) 선생님!

(오버랩)

헬레나의 빌라 앞. 올리브 숲. 실외. 낮

7년 후. 쇠창살로 막혀 있는 하데스의 우물가에서 미미가 몸을 돌린다.

미미 (아무 생각 없이) 응?

약간 떨어진 곳에 칼립소가 먹을 것이 든 바구니를 들고 서 있다.

칼립소 어서 오세요, 선생님!

미미 응, 너구나······.

칼립소 드실 것을 좀 가져왔어요. 선생님.

미미 그래······ 고맙다.

그가 겉저고리 주머니에서 초콜릿 상자를 꺼낸 후 건넨다.

미미 교수님이…… 너한테 주는 선물이야.

칼립소 교수님은 아직도 내가 어린아이인 줄 아신다니까요……. 뭐 필요한 거 없으세요, 선생님?

대답도 없이 미미는 여행 가방을 들고 방향을 돌려 빌라를 향해 간다.

헬레나의 빌라. 실외. 낮

미미가 고독한 모습으로 바다를 향해 있는 커다란 테라스에 앉아 있다.

헬레나의 빌라. 지붕. 실외. 낮

둥그런 두 개의 탑 사이에 미미가 벽에 기대앉아 있다. 우울하고 슬픈 표정이다.

헬레나의 빌라. 탑과 탑 사이. 실외. 낮

미미가 바다를 내려다보면서 생각에 잠겨 있다. 뭔가 망설이는 듯하다.

헬레나의 빌라. 테라스. 실외. 낮

해가 벌써 중천에 떴다. 미미가 커다란 거실 앞 계단에 앉아 있다.
손에 핸드폰을 들고 번호를 누른다.

비너스의 목소리 (off) …… 8-88-0-2800입니다. 삐 소리가
　　난 후 메시지를 남겨 주세요. 플리즈 리브 어 메시지 애
　　프터 더 빕!
미미 나야…… 미미. 당신한테 할 말이 있어서 전화했어…….
　　난 잘 지내고 있어……. 아주 잘……. 지금 나, 전에 우리
　　가 머물던 그 섬에 와 있어. 저 아래 선착장 카페는 예전
　　그대로야. 곰은…… 이제 사라지고 없지만. 물론 그것 때
　　문에 전화한 건 아니야. 뭔가 생각이 났는데, 더 이상 떠
　　오르지가 않아서 말이야……. 당신 혹시 그 지저분한 호
　　텔 이름이 뭐였는지 알아? 페트로파블롭스크 근방 몽골
　　국경 지역에 있던 호텔 말이야. 거기서 우리 엄청나게 바
　　가지를 썼었지, 왜. 거기서 먹었던 음식 이름이 뭐더라?
　　그래, 하멜쉴체라는 양고기 요리였던가? 또 거기서 홍
　　차도 마셨잖아……. 짭짤한 냄새가 나던 차도 마시
　　고……. 우리 거기서 정말 행복했는데, 안 그래? 슈테른
　　헨, 당신 이 전화받는 대로 곧바로 나한테 전화해 줘, 기
　　다리고 있을게…….

78

헬레나의 빌라. 거실. 실내. 밤

미미가 어두운 거실 긴 탁자에 앉아 코냑을 마시면서 핸드폰을 들여다보고 있다. 핸드폰을 열고 걸려 온 전화가 있는지 확인한다. 또다시 비너스의 전화 메시지가 들린다.

비너스의 목소리 (off) …… 8-88-0-2800입니다.

미미 다시 전화했어, 슈테른헨…… 당신한테…… 당신한테 이 말만은 꼭 하고 싶어서. 그 러시아 호텔 말이야……. 사실 그 호텔 이야기는 구실일 뿐이었어. 난 그냥 당신 목소리가 듣고 싶었던 거야……. 당신하고 이야기를 하고 싶었어.

(클로즈업) 미미가 다시 코냑을 한 모금 마신다.

비너스 (목소리 오버랩, 노래를 한다)
　　　당신은 내 가슴의 불꽃,
　　　당신은 내 무릎의 떨림,
　　　당신은 나의 단 하나 유일한 사랑,
　　　당신 말고 내겐 그 누구도 없네…….

(회상 신)

미미의 집. 거실. 실내. 해뜨기 전

7년 전. 미미가 피아노 앞에 앉아서 자신의 맞은편에 서서 노래를 하는 비너스의 반주를 해주고 있다. 그가 그녀를 위해 작곡해 준 노래이다. 사랑이 가득 찬 눈길로 두 사람이 서로를 쳐다본다.

비너스 당신은 나의 달콤한 백일몽,
내 피부를 스쳐 가는 여름날의 바람,
당신과 함께라면 난 시간도 공간도 모두 잊으리.
당신과 하나가 되어…… 수육 양배추 절임?

짜증을 내며 비너스가 노래를 멈춘다.

비너스 도대체 이게 무슨 말이에요?

미미 운율이 하나 안 맞아서 그래. 〈하우트〉처럼 〈트〉로 끝나는 단어가 필요하거든.[11]

비너스 그래요. 그렇지만 〈쥘체 자우어크라우트〉는 이상하다고요.

미미 안 어울리는 거 알아. 그냥 임시로 넣은 거야.

비너스가 생각을 한다.

11 〈피부〉를 뜻하는 독일어 〈하우트*Haut*〉는 원문에서는 행의 맨 마지막 단어이다. 〈수육 양배추 절임〉을 나타내는 〈쥘체 자우어크라우트*Sülze Sauerkraut*〉는 2행의 〈하우트〉와 운을 맞추기 위해 〈트〉로 끝나는 단어를 사용한 것이다.

비너스 차라리 앞에 있는 〈하우트〉를 다른 단어로 바꾸는 게
어떨까요?

미미 어떻게?

비너스 내…… 내…… 가슴*Busen*을 스치는 여름날의 바람,
어때요?

미미 가슴이라! 그거 아주 좋은데. 당신 생각에 나도 동의해,
언제까지나 당신과 이렇게 이야기하고 싶군. 이리 와봐,
슈테른헨! 노래 따위는 전부 시시해……. 시시하고 유
치하지!

비너스 미미, 전혀 시시하지도 유치하지도 않아요. 이 노래
는 정말 근사해요……. 놀랍도록 아름답고요……. 〈당
신은 내 가슴의 불꽃…… 당신은 내 무릎의 떨림…….〉
이렇게 강력하고 시적인 노래는 정말 처음이에요! 그중
에 안 좋은 것은 딱 한 가지예요……. 쵤체 자우어크라
우트말이에요.

(회상 신 끝)

헬레나의 빌라. 거실. 실내. 밤

(음악) 「이 세상 끝까지 당신과 함께 가리」가 흐른다.

(근접) 하얀 알약들을 거실 한가운데에 놓인 그랜드 피아노의 검은 뚜껑 위로 쏟는 미미의 손. 그가 손가락으로 알약들을 하나씩 움직여 글자를 만든다. 그가 만든 글자는 〈비너스〉이다. (클로즈업) 다시 미미가 코냑을 병째로 한 모금 마신다. 그러고는 자신이 만든 애인의 이름을 슬픈 표정으로 바라본다.

오스트제바트의 호텔 방. 실내. 밤

(근접) 비너스의 침대 탁자 위에서 핸드폰이 울린다. 비너스의 손이 핸드폰을 집어 든다.

헬레나의 빌라. 거실. 실내. 밤

미미가 피아노 앞에 앉아 핸드폰을 귀에 대고 있다.

미미 (핸드폰에 대고) 잘 살아야 해, 나의 슈테른헨! 이제 난 자러 갈게.

그가 천천히 핸드폰을 바지 주머니에 집어넣는다. 그러고는 오른손으로는 오르페우스의 아리아를 연주하면서 왼손으로는 첫 번째 알약을 집어서 입에 넣는다. 그리고 코냑을 한 모금 마신 후 두 번째 알약을 집어 든다. 또다시 코냑을 한 모금 마신 후 다시 알약을 한 개…… 그의 얼굴에 땀이 비 오듯이 흐른다.

호텔 방. 실내. 밤

비너스와 해리가 침대에 앉아 있다. 두 사람이 귀를 기울이고
있다.

해리 유감스럽지만 내 귀에 피아노 소리 같은 건 안 들리
　　　는데.
비너스 분명히 피아노 소리예요. 작지만…… 아주 분명하게
　　　들려요. 당신 정말 안 들려요?

해리가 다시 귀를 기울이다가 고개를 젓는다.

해리 난 원래 귀가 밝은 사람이야. 물론 당신처럼 절대 음감
　　　을 가진 건 아니지만……. 혹시 누군가 아래층 바에서
　　　연주를 하는 게 아닐까……. 당신 반주자 중 한 명이
　　　겠지.
비너스 글루크의 오페라에 나오는 오르페우스의 아리아를
　　　말이에요?
해리 난 모르는 곡이군. 도대체 어떤 곡인데 그래?

비너스가 아리아를 허밍으로 불러 준다.

해리 처음 들어 보는 곡이야. 나쁘지 않은데 그래…….

비너스 쉿! 점점 소리가 약해지고 있어요……. 아, 이젠 아무
소리도 안 들려요……. 정말 소리가 완전히 사라졌
어요!

비너스가 침대 위에 웅크리고 앉아서 앞을 뚫어지게 바라보고
있다.

해리 너무 슬퍼하지 마, 슈테른헨! 내일 내가 가게에 가서 하
나 사다 줄 테니까. 아마 CD가 있을 거야. 그런데 정확
한 곡명이 뭐지?

비너스 (넋이 나간 사람처럼) 아…… 난 그녀를 잃고 말았
네……. 이제 내 모든 행복은 사라져…….

해리 아름다운 곡이야. 가사는 좀 슬프지만. 하지만 멜로디
는 정말 최고야…….

그가 멜로디를 따라 흥얼거린다. 그리고 박자에 맞춰 손가락으로
침대 모서리를 탁탁 치면서 고개도 젓는다.

해리 (허밍을 따라한다) 다다다다-다아다아, 다다다다-다
아다아, 다다다다다다다다드-다아-다아……. 최고야!
이 곡조에다 가사만 새로 붙이면 되겠어, 그럼 정말 대
박이 날 거라고. 내 장담하지.

(클로즈업) 비너스가 해리를 낯선 사람처럼 바라본 후 몸을 돌려 허공을 쳐다본다.

헬레나의 빌라. 거실. 실내. 밤

(음악) 카메라가 위에서 아래쪽으로 피아노를 잡는다. 비너스 VENUS라는 글자에서 N, U, S만 남아 있다. (전경) 피아노 의자 옆, 타일 바닥 위에 미미의 시체가 쓰러져 있다.

날아가는 헤르메스. 실외. 새벽 해뜨기 전

음악이 계속된다. 멀리서 이상한 물체가 날아오는 것이 보인다. 그 것은 비행기도 아니고 새도 아니다. 사람의 모습을 하고 있는 그것 은 박쥐의 날개 같은 넓은 망토를 걸치고 있는데, 그걸 이용해 날 아가고 있다. 바로 아프로디테의 헤르메스이다. (헤르메스의 시 선) 그의 눈앞에 아직 해뜨기 전 섬 꼭대기에 있는 헬레나의 빌라 가 보인다. 헤르메스가 빌라를 향해 날아간다.

헬레나 빌라의 계곡. 실외. 해뜨기 전

음악이 계속된다. 자신의 양치기 움막 근처에 있는 옹달샘가에 칼립소가 무릎을 꿇고 앉아 있다. 뒤로는 그녀의 양과 염소들이 풀을 뜯어먹는 모습이 보인다. 방금 옹달샘에서 세수를 끝낸 칼립소가 하늘을 올려다보자 헤르메스가 섬 꼭대기에 있는 헬레나의 빌라 쪽으로 날아가는 것이 보인다.

헬레나의 빌라. 거실/테라스. 실내/실외. 새벽 어스름

음악이 계속 흐른다. 창밖으로 하늘에서 헤르메스가 내려오는 것이 보인다. 헤르메스가 우아하게 자신의 황금색 망토를 펄럭이며 테라스 위로 내려온다.

헤르메스가 춤을 추는 듯한 부드러운 걸음걸이로 테라스를 지나 거실로 걸어간다. 그는 호기심에 찬 표정으로 거실로 들어간다. 거실에 들어선 헤르메스가 나지막한 소리로 휘파람을 분다. 죽은 미미가 눈을 뜨고 올려다본다. 헤르메스가 다가오라는 신호를 하며 그에게 손을 내민다. 미미의 영혼이 자신의 죽은 몸뚱이에서 빠져나온다. 영혼이 빠져나간 시체는 바닥에 그대로 누워 있다. 자리에서 일어난 미미가 헤르메스를 향해 걸어간다. 헤르메스 앞에 다가간 미미가 헤르메스의 이상한 모습을 보고 깜짝 놀란다. 몸에 짝달라붙는 옷차림의 헤르메스는 남성의 상징보다는 오히려 여자같이 불룩 솟은 젖가슴이 더 눈에 띈다. 헤르메스의 발뒤꿈치에는 작은 황금빛 날개가 달려 있다.

미미 (화난 목소리로) 도대체…… 도대체 누구요, 당신은?

헤르메스 (미소를 지으며) 난 아프로디테의 연인 헤르메스예요, 미미. 날 따라오세요. 날 따라오면 돼요. 난 당신을 데려가려고…….

미미 (말을 끊으며) 고맙지만 필요 없소. 병원에는 안 갈 거요……. 난…….

헤르메스 따라오라니까요! 모든 게 잘될 거예요.

미미 고맙지만 필요 없다고 했잖소. 난 지금 이 상태에 만족하오. 다시 살아나고 싶은 생각 따위 없단 말이오. 그저 평화롭게 죽고 싶을 뿐이오. 완벽하게 죽고 싶을 따름이오.

헤르메스 (부드럽게) 당신은 벌써 죽었어요, 미미. 걱정하지 마요. 자, 봐요!

미미가 몸을 돌려 피아노 옆에 누워 있는 자신의 시체를 본다. 음악이 멈춘다.

미미 도대체 나한테 원하는 게 뭐요?

헤르메스 난 당신 영혼의 동반자예요. 난 단지 당신과 동행하기 위해서 온 거라고요.

미미 (겁을 먹고) 동행? 어디로 말이오?

헤르메스 당신의 여행에…….

미미 난 여행을 떠나고 싶지 않소. 난 그냥 여기 누워 있고 싶소…….

헤르메스 죽은 자들의 나라로 가는 거예요. 자, 미미 갑시다!

미미 싫소. 난 떠나지 않을 테요. 난 그 어떤 곳에도 가고 싶
　　지 않소. 난 지금 끝장을 내고 싶소. 영원히 말이오.

헤르메스 끝이라고요? 끝은 없어요, 미미. 당신은 지금 영원
　　의 시작에 서 있어요.

미소를 지으며 헤르메스가 미미의 손을 잡는다.

헬레나의 빌라. 올리브 숲/하데스의 우물. 실외. 해뜨기 전

미미와 헤르메스가 손을 맞잡은 채 하데스의 우물 정자 앞에 서
있다.

헤르메스가 손가락으로 딱 소리를 내자 쇠창살문을 잠그고 있던
자물쇠가 떨어져 나간다. 헤르메스가 초대받은 손님 미미에게 손
가락으로 어두운 입구를 가리킨다.

헤르메스 자!

미미가 겁먹은 얼굴로 헤르메스를 쳐다본다.

헤르메스 자, 당신 먼저!

미미 네……. 그런데 뭘?

헤르메스 뛰어내리는 거.

미미 이 안으로…… 말이오?

헤르메스 그렇지요.

미미 난······ 별로······ 뛰어내리고····· 싶지······.

헤르메스 겁이 나요?

미미 음······ 물론······.

헤르메스 (미소를 지으며) 뭐가 겁이 나죠? 벌써 무슨 일이
있었는지 잊었어요? 당신은 이미 죽은 목숨이에요. 당
신의 모든 고통은 이제 끝났다고요.

미미가 어두컴컴한 심연을 들여다본다.

미미 아, 그렇지. 음······ 그래.

헤르메스 아니면 차라리 날아서 갈까요?

헤르메스가 자신의 황금빛 망토를 펄럭인다. 미미가 고개를 저
었다.

헤르메스가 미미의 손을 잡더니 우물 가장자리로 함께 올라선다.

헤르메스 추락할 걱정은 마세요. 둥실둥실 떠내려 갈 테
니까······.

그가 미미를 꽉 잡고 함께 우물 안으로 뛰어내린다.

순회공연 버스. 실내/실외. 낮

버스가 구릉지를 넘어 평지를 지나가고 있다. 다른 연주자와 기술자들은 자리에 앉아 꾸벅꾸벅 졸고 있는 반면에 해리와 밴드 지휘자는 버스 맨 뒤로 가서 헤드폰을 낀 채 키보드로 글루크의 「오르페우스와 에우리디케」에 나오는 아리아를 찾아내는 데 신경을 집중하고 있다. 비너스는 통로를 통해 앞쪽으로 걸어가면서 핸드폰 음성 사서함에 남긴 메시지를 듣고 있다.

밴드 지휘자가 키보드로 이것저것 실험하는 동안 해리는 비너스를 쳐다보고 있다. 그녀는 계속 앞으로 가더니 버스 앞쪽의 에스프레소 커피 메이커 앞에 선다. 해리 역시 앞으로 가서 에스프레소를 한 잔 집어 든다.

해리 도대체 그 남자는 당신한테 뭘 그렇게 끈질기게 원하는 거야?

비너스 아무것도요……. 그 사람은 그냥 외몽고에 있는 러시아식 호텔 이름을 알고 싶어 하는 거예요.

해리 그럼 거기 있는 거야?

비너스 술에 취해서 횡설수설하는 거예요. 지금은 그리스의 어떤 섬에 있어요.

해리 나쁘지 않군. 그곳 날씨는 어떻대?

비너스는 해리 때문에 전화 소리가 잘 들리지 않는 것이 짜증스럽다.

비너스 날 좀 내버려 둬요. 전화 소리가 안 들리잖아요.

해리 그 사람한테 당신 좀 내버려 두라고 해. 안 그러면 내가
    가만히 안 두겠다고 말이야. 꼭 그렇게 전해!

비너스 그 사람이랑 직접 통화하고 있는 게 아니에요. 음성
    사서함에 녹음된 소리를 듣고 있는 중이라고요.

해리 빌어먹을. 거기다 뭐 장편 소설이라도 한 편 남겨 놓았
    나 보지.

비너스 이제 끊을게요.

해리 당연히 끊어야지. 영원히!

해리가 커피를 들고 밴드 지휘자에게로 돌아간다. (클로즈업) 비
너스. 그녀가 핸드폰 번호를 누른다.

미미의 목소리 (off) 미미 나흐티갈의 음성 사서함입니다. 삐
    소리가 나면 메시지를 남겨 주십시오.

저승의 스틱스[12] 강변. 실외. 낮

기분 나쁜 음산한 소리가 들려온다. 바람 소리 같기도 하고, 늑대
울음소리 같기도 하다. 헤르메스가 미미를 스틱스 강변의 어둡고
황량한 벌판으로 데려간다. 안개가 자욱하게 끼어 있는 먼 곳에서
까만 뗏목이 강물을 따라 천천히 떠내려온다. 죽은 자들의 나라로

12 저승을 일곱 바퀴 돌아 흐른다는, 이승과 저승의 경계를 이루는 강.

사람들을 나르는 일을 맡고 있다. 카론[13]이 뗏목을 젓고 있고 그 옆에는 지옥의 개 케르베로스가 앉아 있다.

(클로즈업) 강가에 선 미미가 당혹스럽고 절망스러운 표정으로 황량한 벌판을 건너다본다. 미미의 몇 걸음 뒤에 서 있던 헤르메스가 미미 곁으로 다가와 격려하듯이 미소를 짓는다. 그러고는 두려움에 떨고 있는 미미를, 이를 드러내 놓고 위협적으로 으르렁대는 케르베로스 옆을 지나 카론의 뗏목에 태운다.

저승. 카론의 뗏목 위. 실외. 낮

카론이 뗏목을 출발시켜 올 때와 똑같은 속도로 긴 노를 저으며 앞으로 나아간다. 이제 머리카락을 풀어 등 뒤로 내려뜨린 헤르메스가 미소를 지으면서 미미의 엉덩이에 팔을 두르고 미미의 어깨에 몸을 바짝 기댄다. 헤르메스가 육체적으로 가까이 다가오자 불쾌해진 미미가 포옹을 풀며 신들의 사자에게서 떨어져 선다. (음악)

헬레나의 빌라 앞 올리브 숲. 실외. 낮

음악이 계속된다. (근접) 올리브 숲을 통해 칼립소가 천천히 하데스의 우물로 다가온다. 호기심 반 두려움 반인 얼굴이다.

---

13 그리스 신화에 나오는, 저승으로 가는 내의 나루터를 지키는 늙은 뱃사공.

(칼립소의 시선) 우물의 열린 쇠창살문. 부서진 자물쇠. 칼립소가 조심스러운 발걸음으로 정자 안으로 들어가서 어두컴컴한 우물 밑을 내려다본다. 칼립소가 우물 가장자리에 떨어져 있는 작은 황금빛 깃털을 집어 든다. (클로즈업) 두려움에 떨며, 칼립소가 햇살에 반짝이는 황금빛 깃털을 살펴본다.

음악 대학. 강당. 실내. 낮

강당은 또다시 여학생들로만 꽉 차 있다. 테오가 그랜드 피아노 앞에 앉아 다시 트리스탄의 곡조를 연주하고 있다. 그때 웃옷 주머니에 든 핸드폰이 울린다. 모든 학생들이 웃는다. 화가 난 테오가 핸드폰을 꺼내 들고 신경질적으로 말한다.

테오 지금은 받을 수 없어. 지금 수업 중이라…….

전화 통화. 강당/헬레나의 빌라. 실내. 낮

칼립소가 거실 전화기를 들고 있다. 그녀 뒤로 피아노 옆에 누워 있는 미미의 시체가 보인다. 그녀는 손에 황금빛 깃털을 들고 있다.

칼립소 (흥분해서) 즉시 오셔야만 돼요, 교수님! 신이 교수님의 친구분을 데려가셨어요.

테오 뭐라고? 누구를?

칼립소 신이 날아가는 모습을 보았어요. 그분의 황금빛 깃털
도 발견했고요. 헤르메스 신이 친히 죽은 자를 데려가는
것은 정말 커다란 영광이에요. 헤르메스 신은 친구분과
함께 우물 속으로 들어갔어요. 곧장 저승으로요…….

테오 (의심쩍다는 듯) 너 도대체 무슨 말을 하는 거니, 칼립
소? 혹시 너 술 마셨니?

칼립소 아니에요, 교수님. 취한 건 친구분이세요. 그분은 메
탁사 코냑을 한 병 다 비웠다니까요. 그리고 지금은 그
분의 시체가 피아노 밑에 놓여 있고요.

테오 뭐? 시체? 취해서 정신없이 자고 있는 거야. 그냥 내버
려 둬.

칼립소 하지만 전혀 숨을 안 쉬는데요, 교수님.

테오 그럼 의사를 불러!

칼립소 제가 친구분의 장례식을 치러도 되나요?

테오 칼립소, 의사를 불러, 그러면 의사가 깨어나게 할 거야.
그 친구 깨서 정신이 들면 나한테 전화하라고 해. 하지
만 적어도 두 시간 뒤에 해야 돼! 지금 한참 강의 중이니
까……. 잘 있어!

테오가 핸드폰을 꺼서 다시 주머니에 넣은 후 학생들을 향해 몸을
돌린다.

테오 미안합니다, 여러분…… 좀 전에 우리 무슨 이야기를 하던 중이었죠?

어리둥절한 표정의 여학생들이 재미있다는 듯 그를 쳐다본다.

헬레나의 빌라. 거실. 실내. 낮

피아노 옆에 미미의 시체가 누워 있다. 시체의 바지 주머니에 든 핸드폰이 울린다. 잠시 후 전화벨이 다시 끊긴다. 미미의 음성 사서함이 다시 작동한다.

미미의 목소리 (목소리 오버랩) 여기는 미미 나흐티갈의 음성 사서함입니다. 삐 소리가 나면 메시지를 남겨 주십시오!

헬레나의 변호사 사무실. 실내. 낮

(클로즈업) 테오가 핸드폰을 귀에 대고 있다. 창밖으로 현대식 고층 빌딩이 보인다. 창가에 선 헬레나가 햇빛 차단용 블라인드를 내리고 있다.
핸드폰을 끊고 테오가 헬레나를 절망적인 표정으로 쳐다본다. 그녀는 지금 막 커다란 검은색 수건을 누울 수 있는 좁은 간이 의자 위로 펼치는 중이다.

테오 아직도 녹음 메시지만 나와…….

헬레나가 사무실 문을 열쇠로 잠그고 레코드판을 튼다. 머나먼 동양의 명상 음악이 흐른다.

헬레나 그럼 집으로 전화를 해봐요. 유선 전화로. 그래서 칼립소한테 물어보라고요, 무슨 일이 있는 건지. 지금쯤이면 그 애가 거기 있을 거예요. 청소할 시간이거든요.
테오 안 돼. 지금 청소를 하고 있는 게 아니야. 내가 그 애한테 빨리 마을로 내려가서 의사를 불러오라고 했단 말이야.

테오가 책상 앞 의자에 고개를 푹 숙이고 앉아 있다. 무릎 위에는 여행 가방이 놓여 있다.

헬레나 그래요? 그럼 도대체 누가 청소를 하죠?

헬레나가 옷을 벗기 시작한다.

테오 (신경질적으로) 헬레나…… 지금 그게 그렇게 중요한 거야? 우리 집 청소를 누가 하느냐 하는 게. 그 애 말로는, 미미가 피아노 밑에 죽어 있다는 거야.

헬레나 너무 많이 마셨겠지요. 과음에다가 약물 과다 같은
      거 말이에요. 아마 지금쯤은 벌써 다 토해 냈을 거예요.
      난 당신이 왜 청소부를 멀리 보냈는지 이해할 수가 없네
      요. 우리 집에 그런 소동이 있는 상황에서 도대체 왜 그
      런 거예요?

헬레나가 계속 옷을 벗는 이유를 제대로 파악하지 못하는 테오는
걱정스럽다는 듯 이마를 훔친다.

테오 그 애가 정말 이상한 이야기를 했어, 헬레나…… 황금
      빛 깃털을 가진 어떤 신이 미미와 함께 우물 속으로 뛰
      어들었다는 거야……. 그리고…….
헬레나 여보! 내가 말해 줄게요. 아마 LSD나 독한 술, 아니
      면 엑스터시 같은 걸 했겠죠. 그리고 틀림없이 그 애를
      건드렸을 거예요.
테오 (놀라서) 뭘 어쨌다고?
헬레나 여보, 그 앤 돌부처나 성모 마리아가 아니에요. 당신
      눈에는 항상 그렇게 보였겠지만요.

이제 슬립과 브래지어만 남기고 옷을 전부 벗은 헬레나가 하이힐
만 신고 테오를 향해 다가간다.

테오 불쌍한 그 애는…… 아직 어린애야……. 난 지금 진짜
      로 미미가 걱정된단 말이야. 미미가 비너스와의 이별을

제대로 받아들이지 못할까 두려워. 내 말은 정말 자살 가능성이 있다는 거야. 그러니 내가 빨리 거기 가봐야겠어. 어쩌면 독버섯을 먹었을지도 몰라……. 소위 마법의 버섯이라고 하는…… 그런 지저분한 것을…….

테오가 자리에서 일어난다.

테오 지금 가봐야겠어.
헬레나 지금은 안 돼요, 테오.
테오 어째서?
헬레나 오늘 우린 약속을 했잖아요.

테오가 깜짝 놀라 헬레나를 쳐다본다. 이제야 테오는 헬레나가 자신 앞에서 옷을 거의 다 벗은 이유를 깨닫는다.

테오 약속……이라고? 약속을 하긴 했지……. 음…… 하지만 비행기 출발 시간이 한 시간밖에 안 남았어.
헬레나 그럼, 우리 일이 끝난 후에 서둘러 출발하면 되겠네요.

그녀가 서둘러 테오의 바지를 벗긴다. 그가 재빨리 바지를 다시 올린다.

테오 헬레나, 모르겠어? 물론 난 언제든지 할 준비가 되어 있어, 하지만…… 다른 승객들이 나를 기다리는 상황에서는 심리적으로…… 충분히…… 이 일에 집중할 수가 없다고……. 발기가 거의…… 안 돼…….

테오가 여행 가방을 들고 사무실을 나간다.

헬레나의 사무실 빌딩 앞. 실외. 낮

택시 한 대가 멈춰 선다. 테오가 위쪽 창가에서 손을 흔드는 헬레나를 향해 손을 흔들어 준다. 그러고는 택시를 타고 출발한다.

헬레나의 변호사 사무실/맞은편 사무실. 실내. 밤

밤이 되었다. 남편과 섹스에 실패한 헬레나는 지금 다시 옷을 입고 책상 의자에 기대앉아 있다. 그녀는 사무실 의자를 빙빙 돌리면서 생각에 잠겨 있다. 그녀의 시선이 창밖을 향한다.
(헬레나의 시선) 옆 사무실에 한 남자가 책상에 앉아 있다. 그 남자 역시 자신처럼 외로워 보인다.
헬레나가 자리에서 일어나 그 남자를 건너다본다. 그녀의 시선을 깨달은 남자가 마찬가지로 자리에서 일어나 헬레나를 쳐다본다.

베를린의 호텔. 실내. 밤

헬레나와 그 남자가 더블 침대에 누워 있다. 섹스는 벌써 끝난 것이 확실해 보인다. 헬레나가 자신의 가방 속을 뒤적여 빗을 꺼낸다.

헬레나 당신은 정말…… 친절한 분이세요. 고마워요.
신사 별말씀을. 저도 좋았습니다. 또 이게 제 직업이기도 하고요!
헬레나 당신이?
신사 의사예요. 심리적으로 정신적으로 아픈 사람들을 고치는 의사지요. 우울증, 신경증, 정신 이상, 신경 쇠약 같은 거요.

그가 침대 옆에 걸쳐 놓았던 양복 주머니를 뒤져 헬레나에게 명함을 건넨다.

신사 당신은 무슨 일을?

헬레나 역시 그에게 명함을 건넨다.

헬레나 난 변호사예요. 가정 문제나 부부 문제 전문이에요. 특히 이혼을 주로 다루죠. 혹시 제가 필요하면…….
신사 그럴 필요는 없을 것 같군요. 집사람과 난 결혼한 지 몹시 오래됐거든요. 게다가 최근에는 매우 행복하니까요.

헬레나 최근에요?

신사 아내는 나를 속이고 나는 아내를 속이죠. 한 달에 두세 번 정도 아내는 애인을 만나러 가죠. 애인을 만나고 돌아온 날이면 우리 부부는 다시 완전히 신혼 초로 돌아가요. 난 아내를 탐하고 또 아내는 나를 탐하죠. 그건 마치…… 뭐라고 할까…… 세포가 새로 돋아나는 것 같다고나 할까.

헬레나 난 그럴 수 없을 것 같아요. 만약 남편이 날 속이고 있다는 걸 알게 된다면…… 난 그럴 수 없을 거예요. 안 돼요, 절대 그럴 수는 없어요.

신사 물론 어려운 일이지요. 아주 어려운 일입니다. 그래서 정신적인 트레이닝과 끊임없는 연습이 필요한 일이지요. 혹시 연습을 더 해볼 의향은?

헬레나 연습이라고요?

남자가 고개를 끄덕인다.

헬레나의 빌라. 선착장. 정원. 실외. 낮

보트가 선착장에 정박해 있다. 여행 가방과 먹을 것이 가득 든 바구니를 들고 테오가 빌라로 향하는 계단을 급히 올라간다. 침착함을 잃지 않으려 애쓰며 그가 멀리서부터 소리를 친다.

테오 미미! 후후! 아침이야! 아침 배달부가 왔다니까! 신선한 달걀, 신선한 우유, 신선한 빵, 신선한 무화과를 가져왔어……. 미미? 미미!

헬레나의 빌라. 정원. 거실. 실외/실내. 낮

천천히, 아주 조심스럽게 테오가 집 안으로 들어간다.

테오 미미?

아주 천천히 테오가 여행 가방과 아침 바구니를 들고 거실 안으로 들어간다. 테오가 갑자기 걸음을 멈춘다. (클로즈업) 놀란 테오가 바닥을 내려다본다.
(테오의 시선) 저쪽 그랜드 피아노 옆에 미미의 시체가 놓여 있다. 잠시 동안 테오는 온몸이 마비된 것처럼 꼼짝도 하지 못한다. 다음 순간 그가 짐을 바닥에 팽개치고 시체로 다가간다. 미미를 향해 몸을 숙인 테오가 조심스럽게 미미를 흔들어 본다. 굳어진 표정으로 그가 다시 자리에서 일어난다.

베를린. 호텔 지하 주차장. 실내. 낮

헬레나가 자신의 자동차 운전석에 앉아 막 차에 시동을 걸려는 순간 핸드백 속에 있는 핸드폰이 울린다. 헬레나가 핸드폰을 꺼내서 화면을 확인한다.

(인서트) 핸드폰 화면에 테오의 핸드폰 번호와 이름이 뜬다.

(클로즈업) 헬레나가 잠시 남편의 전화를 받아야 할지 말아야 할지 고민한다.

핸드폰이 계속 울리는 동안 사이드 미러와 백미러를 통해 함께 밤을 보낸 남자가 옆에 주차해 있던 자신의 자동차로 가는 것이 보인다. 고민하는 표정이 역력한 헬레나는 그냥 자리에 앉은 채 핸드폰이 계속 울리도록 내버려 둔다. 마침내 그녀는 테오의 대화 제의를 받아들이기로 결심한다. 전화를 받은 헬레나가 테오에게는 말할 틈도 주지 않고 재빨리 말을 시작한다.

헬레나 나도 막 당신 생각을 하고 있었어요…….

전화 통화. 헬레나의 빌라 테라스/호텔 지하 주차장. 실외/실내. 낮

핸드폰을 귀에 댄 테오가 테라스 난간에 기대서서 눈물이 가득 고인 눈으로, 멍한 시선으로 바다를 바라보고 있다. 칼립소가 거실에서 나와 테라스에 있는 테오를 향해 천천히 다가오는 모습이 보인다.

테오 헬레나!

헬레나 〈도대체 당신이 몇 시쯤 전화할까?〉 이런 생각을 했어요. 내가 먼저 전화를 걸고 싶었어요. 당신한테 하고 싶은 말이 있거든요. 난 어제부터…… 당신 생각을 이렇게 많이 한 적이 없었던 것 같아요. 사실 난 밤새도록 당신 생각을 했어요. 계속해서 말이에요. 그러면서 생각했어요. 오늘 아침 일찍 당신한테 전화해서 말하려고 했어요. 모든 것을 생각해 봤는데요, 테오…….

테오가 울음을 터뜨리며 그녀의 말을 중단시킨다.

테오 그가…… 그가 자살을 했어, 헬레나!
헬레나 (약하게) 자살……이라고?

테오가 핸드폰을 닫고 담에 기대서서 조용히 훌쩍거린다.
칼립소가 그의 옆으로 다가가더니 위로하듯이 그의 어깨에 손을 올린다.

저승 세계. 헤르메스의 저택. 실외. 밤

(원경) 하데스에 있는 헤르메스의 집, 사원처럼 거대한 규모의 헤르메스 저택은 거대한 바위산 위에 세워져 있어 그 위에서는 저승의 황량한 황무지가 전부 다 내려다보인다.

미미의 목소리 (off) 혹시 작은 부탁 한 가지 들어줄 수 있을까요? 해줄 수 있지요? 내가 아무래도 핸드폰을 저 위에서 시체 바지에 넣어 놓은 것 같은데…… 혹시 그거…….

저승 세계. 헤르메스의 저택. 기둥으로 이루어진 테라스. 실내/실외. 밤

물이 차 있는 거대한 욕조를 갖춘 거대한 개방형 거실이 침실과 붙어 있다. 테라스 위에는 기둥들 사이로 끝없이 펼쳐지는 저승 세계가 사방으로 다 내려다보인다. 헤르메스와 미미는 나지막하고 기다란 의자에 각자 누워 있다. 그들 옆 욕조 가장자리에는 풍성한 식탁이 차려져 있다. 헤르메스는 미미를 위해 곱게 치장한 데다 장식이 많이 달린 긴 가운의 앞을 풀어 놓고 있다. 뿐만 아니라 화장도 몹시 진하게 했다. 미미 역시 긴 가운을 입고 있다.

헤르메스 미미 님, 당신은 그 여자를 잊어야만 해요! 이제 단한 번이라도 그녀와 말을 하게 되면 앞으로 수천 년 동안을 그 여자와의 마지막 대화만 생각하면서 보내야 해요……. 설마 그러고 싶은 건 아니죠?
미미 (절망적으로) 그래…… 안 되지……. 물론 난 그녀를 잊을 거야.

그가 흐느끼기 시작한다. 헤르메스가 자리에서 일어나 미미 옆으

105

로 다가간다. 그리고 황금 술잔으로 욕조의 물을 떠서 미미의 입술로 가져간다.

헤르메스 미미 님, 그냥 이 물을 많이 마시면 돼요. 망각의 강 레테에서 떠온 강물을 많이 마시면 다 잊어버리게 되니까요. 아니면…… 다시 새로운 사랑을 하든가…….

헤르메스가 미미에게 바짝 다가간다. 미미는 잔을 들어 단숨에 끝까지 마셔 버린다.

저승 세계. 헤르메스의 저택. 기둥이 늘어선 테라스. 침실. 실내/실외. 밤

(음악) 헤르메스가 망각의 물 때문에 벌써 상당히 정신이 몽롱해진 미미를 품에 안고 넓은 테라스에서 춤을 추고 있다. 테라스에서는 밤의 저승 세계를 다 내려다볼 수 있다. 헤르메스는 미미를 가까이 끌어당긴 후 춤을 추며 불을 밝힌 욕조를 지나 침실로 들어간다. 헤르메스가 미미를 커다란 비단 침대 위에 눕히고 미미 위로 몸을 숙인다.

헤르메스 (집요하게) 당신은 어떤 식으로 하는 걸 좋아해요? 그리스 로마식으로 할까요……. 아니면 애교스럽게 하는 게 좋아요? 어떻게 하는 게 좋은지 말만 해요…….

음…… 아니면 섞어서 하는 게 좋을까요? 그것도 아니
면 둘이…… 둘이…… 될까요?

미미 (피곤한 목소리로) 그래…… 둘…… 둘…… 둘이 최고
　　로 좋겠군.

헤르메스 난 둘이 아니에요. 난 양성을 동시에 가지고 있어
　　요. 완전히 흥분하면 심지어 세 가지로도…….

미미가 깜짝 놀라서 눈을 뜬다.

미미 세 가지?

헤르메스 (속삭이면서) 세 가지요. 당신한테만 말하는 건데,
　　세 가지는 결코 축복이 아니에요. 세 가지는 불과 물 그
　　리고…….

헤르메스가 미미한테 키스하려 한다. 미미가 헤르메스를 밀쳐 내
고 자리에서 일어나 앉는다.

미미 헤르미[14], 두 가지든 세 가지든 아니 그 어떤 것이라도
　　난 할 수가 없어. 난…… 난 그런 동성애를 받아들일 수
　　없어.

헤르메스 (기분이 상해서) 난 동성애자가 아니에요. 난 아프
　　로디테의 연인 헤르메스라고요…….

미미 (말을 끊으며) 그럼 문제가 간단히 해결됐군. 헤르미.

　14 헤르메스를 여성형 명사로 바꾸어서 부른 것.

헤르메스 그렇지만 미미, 난 당신을 위해서 뭐든지 될 수 있어요. 당신이 원하는 여자는 그 어떤 여자라도 될 수 있다고요. 난 또 당신을 위해서라면 뭐든지 할 수 있어요…… 창녀도 될 수 있고 순진한 고향 아가씨도 될 수 있어요…… 펠라티오도 해줄 수 있고 달콤한 음식도…… 될 수 있어요. 미미! 말만 해요. 뭘 원하는지. 그러면 내가 당신을 위해 그렇게 되어 줄 테니까요!

미미는 그저 슬픈 눈길로 헤르메스를 바라볼 뿐이다.

미미 난 나의 슈테른헨을 다시 되찾고 싶을 뿐이야.

그가 자리에서 일어나 말없이 헤르메스 옆을 스쳐 지나 테라스로 나간다. 그러고는 테라스 난간에 기대어 캄캄해 아무것도 보이지 않는 저승 세계의 머나먼 황무지를 내려다본다.
(클로즈업) 헤르메스가 미미의 뒷모습을 쳐다보고 있다. 안타까운 눈길로 하늘을 올려다보는 미미의 모습이 보인다. 헤르메스의 입술 위로 작고 교활한 미소가 스쳐 지나간다.

헤르메스 우리 두 사람이 잘될 수도 있었는데, 안타깝군. 할 수 없지. 그럼, 안녕 내 낭만적인 친구여!

(인서트)[15] 헤르메스의 발이 날개 달린 샌들 안으로 미끄러져 들어

15 특정 동작이나 상황을 강조하기 위해서 삽입한 화면을 말한다.

간다.

(클로즈업) 미미가 절망적인 얼굴로 암회색의, 구름이 잔뜩 낀 저승의 하늘을 올려다본다. 화면에는 잡히지 않는 침실 쪽에서 마치 커다란 새가 날개를 퍼덕이는 것 같은 소리가 들려온다.

깜짝 놀란 미미가 몸을 돌려 침실 쪽을 바라본다. (미미의 시선) 헤르메스가 보이지 않는다.

텔레비전 스튜디오. 실내. 밤

토크 쇼 스튜디오에서 사회자 로비 게디너가 청중을 앞에 두고 두 명의 게스트와 대담을 나누고 있다. 게스트는 비너스 모르겐슈테른과 해리 노이만이다.

게디너 (웃는 얼굴로) 「이별 후에 사랑은 어디로 가나?」이 노래의 가사는 미미 나흐티갈이 당신과 함께 살 때 쓴 걸로 알고 있는데요. 그러니까 당신이 아직 해리와 함께 살지…….

해리 그건 그냥 유행가 가사일 뿐이에요, 보비…….

게디너 로비입니다.

해리 로비, 그건 자서전적인 고백이 아니에요.

게디너 물론 그렇겠지요, 하지만…….

해리 자기 고백이 절대 아니라니까요! 가사는 그냥 가사 그대로 해석하면 돼요. 그런 걸 쓰기 위해 꼭 무슨 거창한 경험을 해야 하는 건 아니니까요. 「노란 잠수함」[16]을 쓰려고 U-보트[17]를 미리 타볼 필요는 없는 거나 마찬가지지요.

관객들의 웃음소리.

게디너 그렇기는 하지요. 하지만…… 하지만 제 말은 여러 가지 전후 사정으로 미뤄 볼 때, 그렇게 생각할 수도 있지 않나 하는 겁니다. 그가 미리 예상을 하고 있었던 듯이 보이거든요……. 거의 예언자 수준으로요. 그전에도 그분이 아팠었나요?

비너스 (놀라서) 아프다니요?

게디너 그러니까…… 한 4주 전쯤 순회공연을 준비하던 무렵에요. 그때 이런 이야기를, 그러니까 그가 뇌…… 뇌종양에 걸린 것 같다는 사실을 암시하지 않으셨던가요?

비너스 뇌종양이라고요? 말도 안 돼요!

게디너 하지만, 당신이 그렇게 말했는데요. 여기 그 증거가…….

그가 신문을 꺼내 기사의 일부를 인용한다.

16 Yellow Submarine. 비틀스의 1966년 히트곡.
17 제1차·제2차 세계 대전 때 사용된 독일의 대형 잠수함을 통틀어 이르는 말.

게디너 비너스 모르겐슈테른, 인용 부호, 〈당신의 머리에는
　　　지금 심각한 문제가 있어요!〉 이 말이 그 뜻 아니었
　　　나요?

비너스 그는 전혀 아픈 적이 없어요……. 물론 지금도 아프
　　　지 않고요……. 그리고…….

게디너 하지만 최근에 그 사람 집안일을 돌본 사람들 말로는
　　　더 이상 외출도 하지 않고, 완전히 넋이 나간 상태로 계
　　　단참 근처만 서성거린다고 했어요. 그리고 익히지도 않
　　　은 비엔나소시지로만 연명한다는 말도 있고요. 아주 흥
　　　미로운 이야기 아닌가요? 그렇지 않습니까?

해리 차가운 비엔나소시지만 먹는단 말입니까?

게디너 그러니까…… 이별 뒤에…… 그가 더 많이…… 괴로
　　　워한다는…… 뭐 그런 이야기가…… 아닐까…….

해리 (말을 막으며) 이제 그 남자 이야기는 더 이상 하지 않
　　　았으면 하는데요, 보비, 오케이?

게디너 로비입니다. 그럼, 그렇게 하지요……. 하지만 그 남
　　　자는…….

해리 그 남자는 우리하고 상관없는 사람이오.

게디너 (비너스를 향해) 당신한테도 상관없는 사람인가요?

(클로즈업) 비너스.

비너스 그래요, 음…… 상관없어요…….

해리 (off) 상관없다마다! 이제 우리랑 완전히 끝났어요. 한

마디로 전혀 관계가 없단 말입니다.

게디너 (off) 정말 그런 건가요?

비너스 뭐가요?

게디너 (off) 여자들은 다 그런가요?

비너스 네?

게디너 (off) 음…… 그러니까…… 남자들만큼 슬퍼하지도
않고 감상에 빠지지도 않고, 더 현실적이고…… 더 무섭
고…… 그런 거냐고요? 사랑이 끝났을 때 말이죠.

비너스가 잠시 게디너를 괴로운 표정으로 바라본다.

비너스 어쩌면…… 그럴지도…….

저승 세계. 헤르메스의 저택. 테라스. 실외/실내. 밤

미미는 여전히 테라스 난간에 기대서서 그리움에 가득 찬 눈길로
하늘을 올려다보고 있다. (클로즈업) 미미. 그의 눈이 깜짝 놀라
며 휘둥그레진다. (미미의 시선) 검은 구름을 뚫고 하늘이 갈라진
다. 그 틈을 통해 별 하나가 보인다. 별이 점점 밝아지더니 천천히
가까이 내려온다. 그 자리에 미동도 없이 서서 미미가 별을 뚫어져
라 쳐다본다.

그의 눈앞으로 별이 점점 더 가까이 내려오더니 환한 빛이 되어
테라스 위에 내려선다. (근접) 미미의 얼굴에 그 빛이 반사되어

눈이 부실 정도이다. (미미의 시선) 빛 속에서 여자가 걸어 나온다. 달콤한 미소를 지으며 그녀가 미미를 향해 걸어온다. 미미가 믿을 수 없다는 표정으로 다가오는 여자의 얼굴을 쳐다본다. 여자의 머리는 젖어 있고, 낡은 레인코트를 입고 있다. 미미가 그녀를 처음 만난 그날 저녁의 비너스의 모습과 똑같다.

미미 나의…… 슈테른헨?

망설이는 듯한 조심스러운 걸음걸이로 미미가 비너스를 향해 다가가 선다. 그러고는 팔을 뻗어 떨리는 손으로 그녀의 얼굴을 만진다. 진짜 그녀인지 아니면 환영인지를 확인하려는 것 같다.

비너스헤르메스[18] 나 역시 미미, 당신 없이는 더 이상 살 수가 없어요. 당신 없이는 난 존재할 수 없어요.

미미의 감정이 격해진다. 마법에 걸린 듯한 표정의 미미가 비너스를 품에 안는다. 두 사람은 격정적으로 키스를 한다. 그리고 손을 맞잡고 침대로 간다. 두 사람의 뒷모습이 보인다. 비너스의 발뒤꿈치에 걸린 우아한 샌들 끈 사이로 황금빛 날개가 보인다. 미미와 비너스헤르메스가 헤르메스의 커다란 황금 침대 위로 쓰러진다.

18 비너스의 모습으로 변신한 헤르메스

헤르메스의 저택. 침실. 실내. 밤

미미와 비너스헤르메스가 침대에서 알몸으로 사랑을 나누고 있다.

텔레비전 스튜디오. 실내. 밤

게디너가 청중들을 향해 몸을 돌린다.

게디너 신사 숙녀 여러분, 비너스 모르겐슈테른을 소개합니다. 미미 나흐티갈이 작곡한 가장 아름다운 노래를 부르며 가는 곳마다 매진 사례로 성공적인 공연을 하고 있지요. 「이별 후에 사랑은 어디로 가나?」를 들어 보도록 하겠습니다.

청중들이 박수갈채를 보낸다. 비너스가 자리에서 일어나 마이크로 가서 노래를 부르기 시작한다.

비너스 (노래한다)
　　이별 후에 사랑은 어디로 가나?

한 소절을 부르자마자 벌써 비너스의 눈에서 주체할 수 없이 눈물이 흘러내린다.

저승 세계. 헤르메스의 저택. 침실. 실내. 밤

비너스의 노래가 멀리서 들려온다. 미미가 비너스로 변신한 헤르
메스와 침대에서 열정적으로 사랑을 나누고 있다.

비너스 (소리가 오버랩된다)

　　그윽하게 나를 바라보던 당신의 눈길은 어디로 갔나?

　　당신의 미소가 불러오던 기적은 어디로 갔나……

　　매혹적인 당신 목소리는 어디로 사라져 버렸나?

　　이별 후에 사랑은 어디로 가나…….

텔레비전 스튜디오. 실내. 밤

비너스 (노래하고 있다)

　　그토록 위대하던 사랑, 당연한 것처럼

　　늘 그 자리에 있던 사랑은,

　　그 어떤 것으로도, 그 누구도 몰아낼 수 없는

　　확실했던 사랑은……

　　설사 우리가 우리 자신을 속인다 해도,

　　설사 우리가 우리 자신을 배신한다 해도,

　　사랑은 우리 곁에 머물렀네,

　　또 우리 곁에 머물고 싶어 했네,

　　사람들이 자신을 걷어찬다 해도

결코 사람 곁을 떠나지 않는 강아지처럼……

그런데, 어느 날 이별이 왔네.

은밀하게 조용히 살금살금 다가와

우리를 함께 데려가지 않는다네…….

비너스가 흐느끼기 시작한다. 흐느끼면서도 노래를 부르려 애쓰
지만 점점 더 힘들어진다. 마침내 목소리가 완전히 잠긴다. 어지럼
증이 난 사람처럼 그녀가 비틀거리더니 무대 위에서 기절해 버린
다. 반주는 계속 흐르고 있다. 청중들은 쥐 죽은 듯이 조용하다. 그
들은 아직 이것이 진짜인지 아니면 공연의 일부인지 알 수가 없다.
해리와 게디너 역시 처음에는 잠깐 어쩔 줄 모르고 멍해 있다. 곧
해리가 자리에서 일어나 비너스한테로 달려가 그녀를 향해 몸을
굽힌다. 게디너는 웅성거리는 청중을 향해 몸을 돌린다.

게디너 여러분, 자리를 지켜 주시기 바랍니다……. 놀라실
　　　필요 없습니다. 저희가 금방 모든 걸 정상으로…….
해리 슈테른헨, 슈테른헨…….

병원. 병실. 실내. 낮

병실은 꽃병과 꽃다발로 발 디딜 틈이 없다. 꽃의 바다로부터 머리
두 개가 나타난다. 면도도 안 해 수염이 덥수룩한 해리, 그러나 행
복해 보이는 해리가 비너스의 침대에 앉아 있다. 비너스는 침대에

똑바로 앉아서 약을 한 알 들고 있다. 해리가 비너스에게 약을 먹인다. 그녀는 거의 기계적으로 약을 씹는다. 그녀의 시선에 초점이 없다.

비너스 잘 모르겠어요⋯⋯. 무슨 일이 있었는지, 도대체 어떻게 된 건지⋯⋯.

해리 간단하게 진찰을 해봤는데 위산 과다래. 그래서 잠깐 기절했던 것뿐이야.

비너스 그럴 리가 없어요. 아까⋯⋯ 노래하고 있을 때⋯⋯ 그때 그가 갑자기⋯⋯ 거기 나타났어요. 어떻게 된 건지는 모르겠지만 먼 곳에서, 아주 먼 곳에서 그 사람이 나를 올려다보고 있는 것 같았어요.

해리 텔레비전에서는 흔한 일이야. 어쩌면 그가 정말로 보고 있었을지도 모르지. 그가 머무는 섬에서 위성 안테나로 보고 있었을지도. 오늘 당신은 거의 모든 곳에서 방송되는 프로그램에 출연했으니 그가 이 세상 어디에 숨어 있었어도 다 볼 수 있었을 거야.

비너스 그래요⋯⋯. 하지만⋯⋯ 나 역시 그 사람을 봤어요.

해리 그런 일은 있을 수 없어.

비너스 물론 그렇지요. 말이 그렇다는 거예요⋯⋯. 그런데 그 사람은 혼자가 아니었어요.

해리 그랬겠지. 순정파는 아니니까. 아마 지금쯤은 그리스 미녀의 품 안에서 한바탕 신나게 몸을 풀고 있을걸⋯⋯.

비너스 (깜짝 놀라서) 그렇게 생각해요?

해리 그래. 다른 여자 생긴 걸 다행으로 생각하도록 해. 적어
　　도 이제 더 이상 당신의 음성 사서함에 메시지를 가득
　　남기지는 않을 테니까.

비너스 나 역시 기쁘게 생각해요……. 하지만 이렇게 오래
　　전화를 안 하는 건 좀 이상한 생각이 들어요…….

해리 슈테른헨, 이제 제발 남자들에 대한 착각에서 벗어나도
　　록 해. 들어 봐. 그가 당신을 보고, 당신이 그를 봤다고?
　　그게 무슨 빌어먹을 소리야. 당신의 문제는 바로 이거
　　야. 지나치게 예민하다는 것, 신경과민이라고. 물론 예
　　술가로서는 그게 장점이 될 수 있어. 그 점 때문에 당신
　　이 사람들에게 감동을 주기도 해……. 왜냐하면 당신이
　　노래를 할 때는 그냥 노래만 하는 것이 아니라 진짜 노
　　래처럼 살아가니까, 완전히 그 감정에 푹 빠져서 말이
　　야. 그럴 때면 당신은…… 예술과 삶이 하나가 되는 거
　　야……. 음…… 그리고 더 이상 둘 사이에 경계가 없어
　　지지. 이 모든 게 그 사람이 만든 노래 탓이야.

비너스가 해리를 쳐다본다. 뭔가 할 말이 있는 듯했으나 반박을 포
기하고 그냥 눈을 감아 버린다.

해리 (계속 이야기한다) 그자가 만든 노래는 전부 너무 슬퍼.
　　또 건전하지도 않고. 그러니 당신의 감정을 밑바닥까지
　　끌어내리는 거야. 노래를 좀 즐겁게 만들 필요가 있어.
　　사랑이란 즐겁기도 한 일이잖아. 들어 봐, 감정을 좀 가

라앉히고. 당신 뭘 좀 먹어야 한다고 의사도 그랬어. 무
대에 올라가기 전에 항상 간단하게 스파게티라도 좀 먹
어 둬야겠어. 물론 공연 중간에도. 신경을 많이 써야 할
때는 미리 포도당 주사라도 한 대 맞는 게 좋겠어. 자 봐,
슈테른헨, 이제 모든 게 다 잘될 거야!

비너스 (단호한 목소리로) 알았어요. 내 핸드폰이나 좀 줘요.
그리고 이제 혼자 있고 싶어요.

비너스의 시선을 피하면서 해리가 자리에서 일어난다. 그가 비너
스의 핸드백에서 핸드폰을 꺼내 준다. 비너스가 번호를 누르는 동
안 해리가 천천히 병실 문으로 걸어간다.

(클로즈업) 비너스.

미미의 목소리 (off) 여기는 미미 나흐티갈의 음성 사서함입
니다. 삐 소리가 나면 메시지를 남겨 주십시오.

비너스 (핸드폰에 대고) 나예요, 미미. 당신한테 꼭 하고 싶
은 말이 있어서 전화했어요. 나 다시 당신한테 돌아가고
싶어요.

(클로즈업) 해리가 순간 벼락이라도 맞은 듯 잠깐 동안 문에 기대
선다.

비너스 (off) 난…… 난 당신 없이는 살 수 없어요, 미미. 난
당신을 사랑해요…….

해리가 문 옆에 놓여 있던 의자에 털썩 주저앉는다. 그리고 꽃에 둘러싸인 비너스를 뚫어지게 바라본다.

비너스 (화면에 잡힌다) 순회공연을 중단하고 당신한테 가겠어요. 전화 기다릴게요. 꼭 전화해 줘요…… 꼭.

헬레나의 빌라가 있는 선착장. 실외. 해지기 전

바닷가에서 테오와 칼립소 그리고 정교(正敎) 사제가 놀란 얼굴로 바다를 쳐다보고 있다.
(사람들의 시선) 활활 타오르는 장작더미를 실은 뗏목 하나가 선착장에서 바다로 밀려 나간다. 장작더미 위에는 천으로 몸을 둘둘 감고 있는 미미의 시체가 놓여 있다. (클로즈업) 칼립소가 머리를 테오 쪽으로 돌리고 그를 바라본다. (클로즈업) 테오. 그의 눈에 눈물이 고인다. (롱 숏)[19] 천천히 불타오르는 뗏목이 넓은 바다로 나간다.

칼립소의 목동 움막. 실외. 밤

목동 움막 앞에 있는 옹달샘가에 킬립소와 테오가 앉아 있다. 테오

19 카메라를 피사체로부터 멀리 하여 전경을 모두 찍을 수 있도록 하는 촬영 방법.

가 시선을 들어 칼립소를 바라본다.

테오 왜 그렇게 날 뚫어지게 쳐다보니?

칼립소 선생님이 저를 그렇게 보시니까요.

테오 난 방금 친구를 잃었어. 그와 함께 이성도 잃었단
다……. 내 머리로는…… 이제 더 이상 아무것도 생각할
수가 없구나.

그가 계속해서 고개를 젓고 있다.

칼립소 머리를 잃어버린 사람은 마음을 얻게 된대요.

테오가 약간 놀랍다는 얼굴로 칼립소를 바라본다.

테오 그 말…… 그리스에 내려오는 격언이니?

칼립소 오디세우스가 조난당해 칼립소의 섬으로 오게 됐을
때 그는 모든 것을 잃었어요. 친구들, 배, 그리고 아내까
지도…….

그녀가 두 손으로 옹달샘에서 물을 뜬다.

칼립소 칼립소는 오디세우스한테 먹을 것과 마실 것을 주었
고 부드러운 자신의 잠자리도 제공했어요. 그녀가 오디
세우스한테 말했죠. 〈오디세우스, 마셔요! 내 옆에 있는

사람, 그리고 내 옹달샘 물을 마시는 사람은 영원한 삶과 영원한 사랑 그리고 영원한 쾌락을 얻게 될 거예요.〉

테오가 홀린 듯한 표정으로 칼립소를 바라본다.

칼립소 드세요!

그녀가 테오에게 물을 내민다. 테오는 칼립소가 동그랗게 만든 두 손에 담고 있는 물을 마신다. 그녀가 그에게 키스를 하고 그가 그녀를 포옹한다. 두 사람은 풀밭 위로 쓰러진다.

여객선. 피레우스 항구. 실외. 밤

커다란 여객선이 부두에 정박해 있다. 한 무리의 사람들이 배를 향해 몰려간다. 맨 마지막으로 비너스가 밝은색 여름 코트를 입고 걸어온다. 작은 가방을 끌고 있다.

여객선 위. 실외. 밤

비너스가 갑판 위 2층 배 뒷머리에 선다. 아래층에서는 머리끝에서 발끝까지 까만색 옷을 갖춰 입은 여자가 배 난간을 향해 걸어오고 있다. 아래쪽을 내려다보던 비너스는 그 여자가 헬레나임을 알아본다.

비너스 헬레나? 헬레나!

뒤를 돌아본 헬레나가 놀랍게도 비너스가 위층에 있다는 것을 알게 된다. 그녀가 비너스를 향해 위로 뛰어 올라간다. 그러고는 그녀를 포옹한다.

헬레나 비너스! 정말 유감이에요! 이별이 결국…… 그렇게 끝을 맺다니 정말 끔찍할 정도로 슬퍼요.

비너스 (기분 좋은 목소리로) 그래요. 처음엔 저 역시 이제 우리 두 사람은 완전히 끝났다고 생각했어요. 하지만 갑자기…… 다른 말로 하면 번개를 맞은 듯이 한순간 깨닫게 됐어요……. 우린 서로에게 속한다는 것을…… 그리고 이제 전 알아요. 우리는 함께 있을 거예요. 우리 삶이 끝날 때까지요!

헬레나는 비너스가 아직 미미의 죽음을 모르고 있다는 것을 깨닫는다.

헬레나 비너스…… 미미는…….

비너스 물론 저도 잘 알아요. 그 사람은 이기적이고 변덕스럽고 집착이 강하죠. 게다가 히스테릭하고 독재적이기까지 하다는 걸요. 정말 참기 어려운 사람이에요. 그 말을 하려는 거죠? 그렇지만 그는 내 남자예요. 내 인생에 하나뿐인 남자. 그래서 나는 이제 그 사람이랑 결혼할 생각이에요.

헬레나 (조심스럽게) 비너스…… 내 말은…….

비너스 당신이 날 제정신이 아니라고 생각한다면…… 그것도 맞는 말이에요! 어쨌든 난 운이 좋은 사람이에요. 이보다 더 운이 좋았던 적은 없어요.

헬레나 (단도직입적으로) 비너스, 미미는 죽었어요.

헬레나를 쳐다보는 비너스가 살살 고개를 젓는다. 헬레나가 고개를 끄덕이며 비너스의 어깨를 팔로 감싼다. 비너스가 계속 기계적으로 말없이 고개를 젓는다. 그녀가 천천히 아래층으로 내려간다. 여객선의 갑판이 올라가고, 배가 정박한다.

저승 세계. 헤르메스의 저택. 실내. 낮

(근접) 미미가 자신의 맨발을 침대 시트 밖으로 내밀어 발가락으로 비너스를 찾고 있다. 어디에서도 비너스를 찾을 수 없자 깜짝 놀란 그가 자리에서 일어나 방 안을 돌아본다.

미미 슈테른헨?

미미가 자리에서 벌떡 일어나 가운을 걸치고 기둥이 있는 테라스로 나간다.

미미 슈테른헨? 슈테른헨? 슈테른헨?

화면 뒤에서 헤르메스가 원래의 얼굴로 나타난다.

헤르메스 누구를 찾으세요?
미미 나의 슈테른헨을 찾고 있어……. 그녀는 어디 있지? 도
    대체 그녀를 어떻게 한 거야?

미미가 헤르메스를 뚫어지게 쳐다보면서 다가간다. 헤르메스가
팔로 뒤쪽을 가리킨다.

헤르메스 그녀는 거기 없었어요.
미미 있었어. 틀림없이 그녀였어! 그녀는 어디 있어?

그가 기둥 사이를 돌며 여기저기 비너스를 찾아본다.

미미 (큰 소리로 외친다) 슈테른헨?

그의 외침이 저승 세계의 머나먼 황무지로 울려 퍼진다. 절망한 미
미가 헤르메스를 향해 돌아선다. 헤르메스가 천천히 그를 향해 다
가오고 있다.

헤르메스 그게 그녀였다고 확신할 수 있어요?

미미 그래. 그건 그녀였어.

헤르메스 또…… 침실에 있던 사람이…… 그녀였다고 확신할 수 있어요?

미미 난 그녀를 품에 안고 있었어! 그녀에게 키스를 했다고! 그녀하고 잠도 잤어. 여기, 이 침대에서 말이야…….

헤르메스 만약…… 만약 당신이 품 안에 안고 있던 사람이 다른 사람이었다면요? 제정신이 아닌 상태여서 말이죠. 그게…… 그러니까 당신의 그 슈테른헨이 틀림없었어요?

미미가 불안한 눈길로 헤르메스를 보고 있다.

미미 (작은 소리로) 그럴 리 없어. 그럴 수는 없다고……. 있을 수 없는 일이야. 어느 누구도 그녀를 흉내 낼 수는 없어. 그 누구라도 말이야.

헤르메스 누구라도요?

미미의 눈앞에서 헤르메스가 비너스의 모습으로 변한다. 헤르메스는 미미를 우수에 찬 눈길로 바라본다. 미미는 변신한 헤르메스를 놀란 얼굴로 쳐다본다.

미미 아니야……. 그럴 수는 없어…….

그가 몸을 떨기 시작하더니 정신을 잃고 쓰러진다. 헤르메스는 다시 원래의 모습으로 돌아와 동정에 찬 눈길로 미미를 쳐다본다.

헬레나의 빌라. 거실/테라스. 실외. 낮

처음에는 그랜드 피아노 위에 알약으로 쓴 글씨 중 남은 것이, 그 다음에는 안락의자와 책상 등이 천천히 카메라에 잡힌다. 안락의자와 책상 위에는 죽은 사람의 물건들이 펼쳐져 있다. 양복, 구두, 핸드폰, 악보집 등이다. 그리고 그 옆으로 오래 써서 솔이 다 닳은 파란색 여행용 칫솔과 〈비너스에게〉라는 글씨가 쓰여 있는 편지 봉투가 놓여 있다.

(근접) 비너스. 그랜드 피아노 앞에서 몸이 굳어 버린 채 멈춰 선다. 도대체 무슨 일이 있었는지 이해할 수가 없다. 비너스가 작고 파란 칫솔을 들어 손가락으로 칫솔을 쓰다듬는다. 그러고는 칫솔을 코트 주머니에 집어넣고 편지를 들고 테라스로 나간다.

(부감) 망연자실, 넋이 빠진 비너스가 테라스에서 햇살이 반짝이는 항구와 잔잔한 푸른 파도를 내려다보는 모습이 작게 보인다.

(근접) 비너스가 봉투를 열어 편지를 읽기 시작한다.

미미 (소리 오버랩) 나의 사랑하는 슈테른헨! 당신, 그 작고 파란 여행용 칫솔 찾았지? 그 칫솔이 바로 우리가 시베리아 횡단 열차를 타고 모스크바에서 블라디보스토크까지 가는 14일 동안 함께 사용했던 칫솔이야. 처음에는 당신이 닦았고, 그다음에는 내가 닦았지. 그러고는 다시 당신이, 다시 또 내가. 한때 우리가 정말 위대한 사랑을 했다는 기념으로 그 칫솔을 잘 간직해 줘……. 잘 있어. 당신의 미미가.

칼립소의 계곡. 실외. 낮

헬레나가 언덕에서 계곡을 향해 달려가면서 사방으로 누군가를 찾고 있다.

헬레나 (소리친다) 테오! 테오! 테오!

(헬레나의 시선) 칼립소가 자신의 움막 앞에 앉아서 염소젖을 짜고 있다. 올리브 나무 밑에는 테오가 양모로 된 목동의 바지를 입고 양들에 둘러싸여 있다.

목동의 움막 앞. 실외. 낮

숨을 헐떡이며 헬레나가 칼립소 앞에 선다. 칼립소는 조용히 염소젖을 짜는 중이다.

헬레나 내 남편이 여기서 뭘 하는 거지?

칼립소 제 양 떼를 지키는 중이세요.

헬레나 왜?

칼립소 그분은 이제 목동이 되셨어요.

헬레나 뭐라고?

칼립소 (미소를 지으며) 그분은 제 옹달샘 물을 마시고 제 집
　　　에서 잠을 주무세요.

헬레나 내 남편이?

칼립소가 미소 띤 얼굴로 고개를 끄덕인다.

초원. 올리브 나무 밑. 실외. 낮

분노로 몸을 부르르 떨며 헬레나가 테오를 향해 다가간다. 테오는
태연하게 지팡이를 짚고 양 떼들 사이에 서 있다.

헬레나 당신 저 애 움막에서 잠을 자는 거예요?

테오 (침착하게) 그래.

헬레나 저 애 잠자리에서?

테오 그래.

헬레나 저 애와 함께?

테오 그래.

헬레나 (몸을 부르르 떨며) 왜죠?

테오 나도 모르겠어, 헬레나. 그냥 그러고 싶고, 그게 좋다는

걸 알 뿐이야……. 지금 난 너무 행복하고 너무 마음이 편안해.

헬레나 저 젖비린내 나는 암송아지랑 살을 섞어서요?

테오 (사무적인 목소리로) 저 애는 암송아지가 아니야, 헬레나. 오히려 노루라고 하는 게 어울리지…….

헬레나 노루라고요? 도대체 언제부터 그랬던 거예요? 어제 오늘 시작된 일은 아니겠죠?

테오 어제부터야, 헬레나.

헬레나가 테오의 손을 잡고 잡아당기려 한다.

헬레나 당신 지금 나랑 같이 가야 해요. 이 정도로도 충분해요. 그러니 이제 면도도 하고 목욕도 하고 옷도 새것으로 갈아입어요. 지금 당신 모습이 얼마나 짐승 같은지 알기나 해요?

테오가 고개를 저으면서 헬레나의 손을 뿌리친다.

테오 안 돼, 헬레나. 난 여기 있을 거야.

헬레나 테오! 정신 좀 차려요. 도대체 저까짓 시골 계집애랑 뭘 어쩌겠다는 거예요? 저 애가 3일 후에도 여전히 당신 한테 죽자 살자 매달릴 것 같아요?

테오 아니, 그 반대야, 헬레나. 매달리는 건 오히려 바로 내 쪽이야. 나야말로 원하는 만큼 그렇게 자주 할 수가 없어서…….

그가 칼립소 쪽을 건너다본다. 그녀는 유혹하듯이 테오를 향해 미소를 보낸 후 목동의 움막 안으로 사라진다.

테오 미안해……. 난 그만 가봐야겠어.

헬레나가 테오의 바지를 쳐다본다. 멜빵 아래쪽 테오의 그것이 불끈 솟아오르기 시작한다.

헬레나 도대체 얼마나…… 자주…… 저 애랑 그걸…… 하죠? 평균으로…… 하루에…… 몇 번이나?
테오 그게…… 아침에도 하고 낮에도 하고 저녁에도 해……. 또 기분이 내키면…… 틈틈이 아무 때나 그 자리에서 즉흥적으로 해, 아주 빨리. 잠깐만 기다려 주면, 내 금방 돌아올게.

테오가 목동의 움막 안으로 급히 사라진다. 헬레나가 절망적인 표정으로 남편의 뒷모습을 쳐다보고 있다.

헬레나의 빌라. 올리브 숲. 실외. 낮

비너스가 작은 쇠창살이 쳐 있는 우물 앞에 서서 우물의 어두운 심연을 들여다본다. 작은 돌멩이 하나를 집어 들어 우물 속으로 던져 본다. 그리고 귀를 기울인다. 그러고는 우물 가장자리에 무릎을 꿇고 좀 낮은 쪽 위로 몸을 숙여 우물 속을 들여다본다. 화면 밖에서 어떤 여자가 흐느끼면서 걸어오는 소리가 들린다. 뭔가 비밀을 들킨 사람처럼 비너스가 몸을 일으켜 우물 가장자리에서 한 걸음 떨어져 뒤를 돌아본다.

(비너스의 시선) 울면서 걸어오던 헬레나가 비너스를 발견하고 그녀의 품으로 뛰어든다.

헬레나의 빌라. 손님용 침실. 실내. 밤

비너스와 헬레나가 침대 위에 나란히 누워 있다. 헬레나가 비너스의 손을 잡는다. 두 여자가 서로 손을 꼭 마주잡는다. 두 사람은 침대 위에 누워서 눈을 뜬 채 아무런 말도 없이 천장을 올려다보고 있다.

헬레나 (잠시 후에) 난 내 남편을 다시 찾을 거야!
비너스 나 역시 그래요!

헬레나가 놀라서 비너스를 쳐다본다.

칼립소의 계곡. 실외. 밤

(음악) 잠옷 차림의 헬레나가 단호한 발걸음으로 칼립소의 오두막을 향해 걸어간다.

칼립소의 움막. 실외/실내. 밤

헬레나가 작은 창문을 통해 오두막 안을 엿본다. 지푸라기가 깔려 있는 잠자리 위에서 테오와 칼립소가 자고 있다. 양들의 울음소리가 작게 들린다. (근접) 헬레나. 마음을 가라앉히려는 듯 몇 번 심호흡을 한 후 조용히 문을 연다. 그리고 살금살금 오두막 안으로 들어가 잠옷을 벗는다. 그녀는 망설임 없이 테오 옆 지푸라기 잠자리 위에 누운 후 담요를 조금 끌어당겨 남편한테 바짝 다가간다. 테오가 잠에서 깬다. 그러고는 고개를 돌려 눈앞에 있는 헬레나의 얼굴을 쳐다본다.

테오 (잠에 취해서) 어…… 당신이 어떻게 여길…… 도대체 여기서 뭘?
헬레나 (속삭이듯) 쉿! 당신한테 할 말이 있어서 왔어요.

그녀가 테오에게로 더 바짝 다가간다.

테오 당신 어떻게…… 지금 여기서 도대체 뭘…….

헬레나 (속삭이듯) 테오, 난 당신을 배신했어요!

테오가 놀라서 자리에서 벌떡 일어난다.

테오 (큰 소리로) 뭐라고? 당신이 뭘…… 어떻게 했다고?

헬레나 쉿…… 당신의 아기 노루를 깨울 작정이에요?

테오 당신이 뭘 어쨌다고…… 당신이 바람을 피웠단 말
이야?

헬레나를 붙잡은 테오가 격정에 휩싸여 갑자기 헬레나를 덮친다.
칼립소가 잠에서 깨어난다. (근접) 칼립소. 그녀는 자신의 옆에서
미친 듯이 엉켜서 사랑을 나누는 부부를 눈이 휘둥그레져서 바라
보고 있다.

헬레나의 빌라 앞 올리브 숲. 실외. 밤

잠옷 위에 여름 코트를 걸친 비너스가 천천히 올리브 숲을 지나
하데스로 통하는 우물을 향해 걸어가고 있다. (근접) 비너스. 그
녀의 시선이 완전히 우물에 고정되어 있다.
하데스로 통하는 우물. 비너스가 쇠창살문을 열고 우물을 향해 걸
어간다. 그러고는 조심스럽게 우물의 낮은 쪽 가장자리에 걸터앉
아 발을 우물 밑으로 떨어뜨린다. (클로즈업) 비너스. 그녀는 두
려워 보이지만 결심이 확고한 듯하다. 비너스가 두 팔을 가슴에 모

으고 우물 아래로 떨어진다.

저승 세계. 스틱스 강변. 실외. 낮

잠옷 위에다 얇은 여름 코트를 걸친 비너스가 저승 세계의 지독한 회색빛 황무지 위를 홀로 걸어가고 있다. 스틱스 강변에 도달하자 그녀는 어찌할 바를 모른 채 안개가 자욱하게 낀 강물을 바라보며 서 있다.

비너스 (작고, 불안한 목소리로) 미미! 미미!

사방 어디를 둘러보아도 사람이라고는 보이지 않는다. 들리는 것은 기분 나쁘게 울리는 휘파람 소리뿐이다.

저승 세계. 헤르메스의 저택. 침실. 실내. 낮

미미가 중병에 걸린 사람처럼 턱 밑까지 이불을 끌어올린 채 눈을 감고 황금빛 침대에 누워 있다. 헤르메스가 가까이 다가와 자고 있는 미미의 입에 레테의 강물을 떠 넣어 준다.

비너스 (off) 미미…… 미미!

(근접) 헤르메스가 동작을 멈추고 불안한 모습으로 창밖의 소리에 귀를 기울이며 걱정스럽게 미미를 쳐다본다. (클로즈업) 감겨 있는 미미의 눈.

비너스 (off, 큰 소리로 부른다) 미미…… 미미!

헤르메스는 미미가 정말 자고 있는지 확인하기 위해 미미의 감겨 있는 눈 위로 손을 흔들어 본다. (클로즈업) 미미. 헤르메스가 손 흔드는 것을 멈춘다. 미미는 깊이 잠들어 있다. 화면 밖에서 날개 퍼덕이는 소리가 들린다.

저승 쪽 스틱스 강변. 실외. 낮

저승 쪽 강변 전체가 화면에 보인다. 안개 속에서 카론의 뗏목이 나타난다. 비너스는 뗏목 맨 앞쪽에 서 있다. 뗏목이 도착한 강변. 한 남자가 화면에 나타난다. 미미로 변신한 헤르메스이다. 미미헤르메스가 천천히 강변을 향해 걸어간다. 그의 뒷모습에서 발뒤꿈치에 작은 날개가 달려 있는 것이 보인다.
(클로즈업) 비너스. 주문에 걸린 사람처럼 강가를 지켜보던 그녀가 잃어버린 연인의 모습을 발견하고 얼굴이 환해진다. (클로즈업) 미미헤르메스의 입가에 차가운 미소가 번진다. 카론이 뗏목을 강가에 대자마자 비너스가 뗏목에서 뛰어내려 재회의 기쁨에 어쩔 줄 몰라 하며 미미헤르메스를 향해 달려간다.

비너스 (감동해서) 미미! 미미!

두 팔을 활짝 벌린 채 비너스가 미미헤르메스를 향해 달려간다. 미미는 그녀를 향해 한 걸음도 다가오지 않는다.

미미헤르메스 (냉정하게) 도대체 여긴 어쩐 일이지?

당황한 비너스가 자리에 우뚝 서서 미미헤르메스를 쳐다본다. 그의 표정에서는 재회의 기쁨을 전혀 읽을 수 없다.

비너스 여기…… 어쩐 일이냐고요? 물론 당신을 데려가려고 왔지요……. 기쁘지 않아요?

미미헤르메스 너무 늦었어.

비너스 (불안해하며) 안 늦었어요…….

미미헤르메스 이미 늦었다니까.

비너스 (믿을 수 없다는 표정으로) 안 늦었어요…….

미미헤르메스 다른 여자가 생겼어.

비너스 다른…… 여자라고요?

미미헤르메스 그 여자랑 있으면 행복해. 지금 난 너무너무 행복하다고.

비너스가 그의 몸을 붙잡고 흔든다.

비너스 말도 안 돼! 그럴 리가 없어!

미미헤르메스가 그녀를 떼어 낸다.

미미헤르메스 그렇게 큰 소리로 비명을 지르면 어떡해? 여긴
　　평화로운 곳이야. 안정과 조화의 땅이라고.

비너스 (작은 소리로) 당신…… 당신이 날 그렇게 빨리 잊었
　　을 리가 없어요…….

미미헤르메스 벌써 잊었어. 진실을 말해 줄까? 난 당신을 더
　　이상 알지 못해. 당신을 더 이상 보고 싶지도 않고, 당신
　　에 대해 아무것도 알고 싶지 않아. 잘 가.

비너스 (눈에 눈물이 가득 고여) 어떻게 그렇게 갑자기 다른
　　사람이 될 수가 있어요, 미미?

미미헤르메스 난 다른 사람이 아니야, 슈테른헨. 난 그냥 사
　　랑에 빠졌을 뿐이야.

비너스 누구하고요?

미미헤르메스 (꿈꾸는 표정으로) 내가 꿈꾸었던 여자랑…….
　　그 여자는 정말 오랫동안 꿈꿔 왔던 내 이상형이야. 말
　　로 설명할 수 없을 정도로 근사한 여자지! 뭐랄까……
　　신과 같다고나 할까…….

비너스가 침착함을 잃지 않으려 애쓰며 슬픈 표정으로 미미를 쳐
다본다. 그러고는 고개를 끄덕이며 코트 주머니를 뒤져 작은 파란
색 여행용 칫솔을 꺼낸다.

비너스 그렇다면 행운을 빌어 줄게요, 미미. 자!

그녀가 그의 손에 낡은 칫솔을 건네준다.

미미헤르메스 이게 뭐…… 뭐지?

비너스 한때 우리가 지상에서 위대한 사랑을 했다는 기념물
　　이에요.

미미헤르메스 아…… 그거…….

그녀가 몸을 돌려 다시 뗏목으로 향한다. 그런데 채 몇 걸음 가기
도 전에 슬픔에 못 이겨 강가에 주저앉고 만다. 미미헤르메스가 카
론을 향해 비너스를 다시 스틱스강 너머로 데려다주라고 손짓
한다.
(클로즈업) 카론이 망설이며 안타까운 마음으로 비너스를 바라본
다. 다시 한번 미미헤르메스가 단호한 태도로 비너스를 데려가라
고 재촉한다. 그때 비너스가 고개를 들고 고통스럽게 노래를 부르
기 시작한다.

비너스 (노래한다)
　　아, 난 당신을 잃고 말았네,
　　내 모든 행복은 이제 사라졌다네,
　　차라리 태어나지 않았더라면,
　　이 땅에 태어난 것이 슬플 뿐이네.
　　이 땅에 태어난 것이 슬플 뿐이네.
　　아, 내 사랑이여,
　　아, 내 사랑이여,

대답을 해다오, 내 말을 들어 다오.

대답을 해다오!

오, 대답을 해다오.

오, 내 말을 들어 다오.

제발, 내 목소리를 들어 다오.

당신을 부르는 이 목소리를,

다시 당신을 찾고 있는 이 목소리를.

(클로즈업) 카론이 그대로 멈춰 서 있다. 그의 입술이 떨린다. 비너스의 노래에 감동해 그가 울기 시작한다. (근접) 미미헤르메스가 짜증난 표정으로 카론과 케르베로스를 쳐다본다. 지옥의 개 케르베로스 역시 슬픈 얼굴로 훌쩍이기 시작한다. (클로즈업) 이제 미미헤르메스 역시 눈물을 흘린다. 마음 깊은 곳에서부터 감동을 받은 그가 잔인한 장난을 멈추고 다시 아프로디테의 연인 헤르메스의 모습으로 변한다.

헬레나의 빌라. 올리브 숲. 실외. 낮

헬레나와 칼립소가 우물 입구로 머리를 숙인 채 안을 들여다보고 있다. 길고 팽팽하게 당겨진 밧줄이 우물 밑으로 드리워 있다. 우물 아래쪽에서 어떤 남자가 그리스어로 지시를 한다. 그러자 우물 가장자리에 서 있던 제복 차림의 그리스 경찰관 두 명이 있는 힘껏 밧줄을 끌어당긴다. 세 번째 경찰관이 우물 위로 올라온다. 우물 밖으로 나온 그 경찰관이 칼립소에게 다가가 그리스어로 뭐라고 길게 설명한다.

헬레나 뭐라고 하는 거야?

칼립소 아무것도 없대요. 모든 게 다 정상이래요. 거기에는 아무것도 없을 뿐만 아니라 아무것도 있을 수가 없다는 거예요.

헬레나 하지만 비너스의 발자국이 우물로 향하고 있어. 다시 돌아간 흔적이 없다고. 그러니 우물 안으로 뛰어든 게 틀림없어, 칼립소.

그녀가 땅바닥을 가리킨다. (근접) 비너스의 발자국이 모래에 선명하게 남아 있다. 아까의 그 경찰관이 몸짓과 더불어 그리스어로 더 이상 설명할 것이 없다고 말한 후 공손하게 작별 인사를 한다. 그가 동료들에게 철수하자는 신호를 보낸다.

헬레나 그러니까 틀림없이 우물 바닥 어딘가에 누워 있어야 하잖아.

칼립소 아니에요, 헬레나. 그녀는 단지 그분을 데려오려고 떨어진 거예요.

헬레나 (절망적으로) 칼립소, 제발 그만해! 그 소린 이제 정말 끔찍하다고……. 처음에는 그 사람이, 그다음에는 비너스가…… 무서워 죽겠어…….

헬레나가 우물 가장자리에 걸터앉아 손으로 얼굴을 가린다. 칼립소가 그녀 옆에 앉아서 위로한다.

칼립소 그렇게 끔찍한 일은 아니에요. 놀라운 일이죠. 그분은 사랑의 부름을 따라간 거예요. 그러니까 그녀가 그를 발견하게 되면 두 사람은 다시 이곳으로 돌아올 거예요. 그리고 행복하게 살 거라고요. 우리는 그냥 기다리기만 하면 돼요.

테오 (off, 큰 소리로) 헬레나! 헬레나!

(근접) 언덕 위로 잠에 취한 테오가 담요를 뒤집어쓴 채 나타난다. 처음에는 그의 머리가, 그다음에는 전체 모습이. 테오가 자동차에 올라타고 떠나가는 경찰관들을 놀라서 쳐다본다. 그러고는 우물가에 나란히 앉아 있는 두 여자를 바라본다.

헬레나의 빌라. 테라스. 실외/실내. 낮

테오가 식당에서 풍성한 음식이 놓인 운반대를 밀고 나와 거실을 거쳐 테라스로 나온다. 그는 앞치마를 두르고 있다. 세 사람의 식사가 차려진 테라스의 식탁에는 헬레나와 칼립소가 나란히 앉아 있다. 테오가 식탁 가까이 운반대를 밀고 와 두 사람의 식기를 더 올려놓는다. 접시와 수저와 냅킨을.

헬레나 테오, 그 접시 두 개 당장 치워요!

그녀가 추가로 더 가져다 놓은 접시와 도구들을 가리킨다.

헬레나 안 그러면 그나마 남아 있던 식욕도 다 달아날 것 같
　　　아요!

테오 그래그래……. 그렇지만 난 그냥…… 상징적으로…….

헬레나 제발…… 그러니까 상징적으로 그것들을 치워 달라
　　　니까요!

테오가 칼립소를 향해 난처한 시선을 던지면서 머뭇머뭇 더 올려
놓은 접시로 다가간다.

테오 난 그냥 이곳의 관습과 풍습을 존중했을 뿐이야. 칼립
　　　소 말에 의하면…….

칼립소 전 그냥 우리 집에서는 할아버지가 돌아가신 이후에
　　　도 몇 년 동안 계속해서 식탁에 할아버지의 접시를 놓았
　　　다고 말씀드렸을 뿐이에요…….

헬레나 아기 노루야, 제발. 저 남자한테 그런 이야기는 그만
　　　해. 우리가 사랑하는 저 남자는 벌써 제정신이 아니야.
　　　그러니 우린 저 사람을 다시 정상적인 상태로 되돌려 놓
　　　아야 해. 이제 우리 세 사람이 어떻게 정상으로 돌아갈
　　　수 있을까? 모레면 레안더가 돌아올 거야. 우리가 널 양
　　　녀로 받아들이면 어떻겠니?

접시 두 개를 들고 식당으로 가던 테오가 깜짝 놀라 그 자리에 멈춘다.

테오 누구를?

칼립소 (믿을 수 없다는 듯이 미소를 지으며) 그럼 저분이 제 아빠가 되는 거잖아요.

테오 (깜짝 놀라서) 그럼 저…… 애가 내 양딸이 된다는 거야?

헬레나 그럼 달리 무슨 방법이라도 있어요? 아니면 레안더한 테 〈이제 아빠는 엄마뿐만 아니라 다른 여자도 사랑한 단다. 그래서 그 여자도 우리랑 함께 사는 거야〉라고 말할 셈이에요? 그것보다는 이렇게 말하는 게 훨씬 낫잖아요. 〈자, 레안더, 이제 너는 더 이상 혼자가 아니야. 이제 큰 누나가 생겼단다〉 하고 말이에요.

우울한 표정으로 테오가 식탁으로 돌아와 자신의 자리에 앉는다. (클로즈업) 테오. (클로즈업) 칼립소.

헬레나 (계속 이야기한다) 만약 우리 둘이 외출이라도 하게 되면, 그때에는 저 애가 레안더를 돌볼 수도 있잖아요. 그리고 당신도 원한다면 어디든지 저 애랑 함께 다닐 수 있고요. 누구한테든 저 애를 딸이라고 소개할 수 있으니 까요. 정말 실용적인 해결책 아니에요? 우리 모두한테 말이에요. (테오를 향해) 왜 아무것도 안 먹는 거예요?

테오 (슬픈 목소리로) 난…… 실용적인 것 따위는 전혀 원치 않아, 헬레나. 난 인생에서 단 한 번…….

그가 표정을 수습하려 애쓰며 손을 휘젓는다.

테오 한 번만이라도 ……낭만적인 사랑을 해보고 싶었을…… 뿐이라고.

저승 세계. 헤르메스의 저택. 기둥이 있는 테라스. 침실. 실내/실외. 낮

헤르메스가 비너스를 테라스 기둥을 지나 침실로 데려간다. 침실에는 미미가 침대에서 평화롭게 잠들어 있다. 침대 가장자리에 앉은 비너스가 미미의 손을 잡고 부드러운 손길로 미미의 뺨을 쓰다듬는다. 헤르메스가 그 모습을 슬픈 얼굴로 쳐다본다.

비너스 (나직한 목소리로) 내 사랑! 하나뿐인 내 영원한 사랑!

눈을 반쯤 뜬 미미가 피곤한 얼굴로 미소를 지으며 비너스를 올려다본다. 이미 한 번 속은 적이 있기 때문에 미미는 비너스를 헤르메스가 변신한 것이라 생각한다.

미미 애쓰지 마, 헤르미…… 당신은 정말 사랑스러워, 그렇
　　지만 우린 더 이상은 안 돼.

비너스 (흥분해서) 미미, 나예요, 나라고요!

미미 (피곤한 듯) 그래, 알아. 당신은 그녀처럼 말하지. 당신
　　한테서는 그녀의 냄새가 나고, 또 그녀처럼 노래도 해.
　　그렇지만 그런 걸로는 아무 소용이 없어. 내 말을 믿어.
　　일찍이 내가 그녀를 잃어버렸을 때, 날 그냥 자도록 내
　　버려 뒀어야 해. 그녀의 꿈이라도 꿀 수 있게 말이야.

비너스 (감동해서) 미미, 더 이상 내 꿈을 꿀 필요가 없어요,
　　난 여기 있어요!

그녀가 미미에게 다가가 그에게 고개 숙여 키스한다. 미미가 그녀
를 밀어낸다.

미미 제발, 헤르미. 더 이상 나한테 키스하지 마. 그리고 더
　　이상 내 몸에 달라붙지 마…… 이 정도면 충분해, 알겠
　　어? 아깐 정말 좋았어, 당신이 양성이든 뭐든 난 상관없
　　어…… 하지만 다시는 원치 않아!

비너스 (의심하는 말투로) 무슨…… 말이에요?

미미 (어리둥절해서) 뭐가 무슨 말이야?

비너스 도대체 무슨 일이…… 있었던 거죠?

그녀가 고개를 돌려 헤르메스를 쳐다본다. 헤르메스는 감동으로
인해 약간 고통스러운 표정으로 어깨를 움찔해 보인다. 그녀가 다

시 고개를 돌리니 미미가 깜짝 놀라 벌떡 일어난다. 그가 헤르메스
와 비너스를 번갈아 가며 쳐다본다.

미미 (혼란스러워하며) 당신은…… 당신은 누구지? 도대체
　　무슨 일이야?

비너스 내가 알고 싶은 게 바로 그거예요. 방금 당신 입으로
　　바로 이곳에서 뭔가 추잡한 일이 벌어졌다고 말한 거 맞
　　지요!

미미 (당황해서) 슈테른헨…….

비너스 (화가 나서) 사실대로 말 안 하면 다시는 날 보지 못
　　할 거예요. 그러니까 당신은 바로 여기, 올림포스 신들
　　의 정원에서 쾌락을 맛보았다는 거지요? 매춘부의 엉덩
　　이를 핥았다는 거지요? 더러운 사람!

미미 (밝은 얼굴로) 나의 슈테른헨! 당신이군……. 정말 당
　　신이야!

그가 비너스를 끌어당겨 포옹한다. 그러고는 기쁨에 가득 차 정신
없이 키스를 퍼붓는다. (클로즈업) 헤르메스. 슬픈 얼굴로 뒤돌아
나간다.

헬레나의 빌라 아래쪽 해변. 작은 배. 실외. 낮

칼립소가 선착장 해변에 서서 바다를 향해 손을 흔들고 있다. 방금

출발해서 바다로 나가고 있는 작은 배 위에는 테오와 헬레나가 서 있다. 테오가 칼립소를 향해 손을 흔들며 키스를 보낸다. 칼립소 역시 그에게 키스를 보낸다.

헬레나 당신, 2주 후 금요일 9시 15분에 출발하는 비행기를 탈 수 있어요. 아니면 수요일마다 있는 여객선을 타요. 저녁때면 저 애 옆에 있을 수 있을 거예요. 그리고 월요일 오후 2시 30분에는 다시 돌아오는 거예요. 그날 저녁에는 다시 내 옆으로 돌아오는 거죠, 알겠어요? 짧지만 근사한 주말이잖아요.

테오가 잠깐 손을 흔든 후 다시 헬레나를 바라본다.

테오 (의심스러운 눈길로) 그런데…… 음…… 그동안 당신은 뭘 할 거야? 내가…… 없는 동안에…… 말이야?
헬레나 그 점에 대해서는 전혀 걱정할 필요가 없어요, 나한테…… 다 생각이 있으니까요.

테오가 다시 칼립소를 향해 손을 흔들어 주면서 헬레나에게 말을 계속한다.

테오 난 당신이 그 녀석과 다시 안 만났으면 좋겠어!
헬레나 그 녀석이라니요? 그 사람은 아주 진지한…… 교양 넘치는 신사예요, 매너도 얼마나 좋은지 몰라요. 당신도 한번 만나 보면 알게 될 거예요.

테오 (화를 버럭 내며) 그렇군, 당신 이미 거기까지 다 생각해 뒀단 말이지! 우리 세 사람이 정신적 교감을 나눈다 이거지! 나는 그런 에로틱한 관계를 가질 생각은 전혀 없어. 그런 관계는 99퍼센트는 결국 파멸로 가게 되어 있으니까…….

헬레나 (말을 중단하며) 그렇다면 좋아요, 테오……. 당신도 저 아기 노루와 헤어져요!

헬레나가 이제는 너무 멀리 떨어져 겨우 보일락 말락 하는 칼립소를 향해 잘 있으라는 듯 손을 흔든다.

스틱스 강변의 저승 세계. 강물. 실외. 낮

헤르메스가 스틱스강 저승 쪽 강변에 서서 방금 출발한 뗏목을 향해 손을 흔들고 있다. 카론이 비너스와 미미를 강 건너편으로 데려다준다. 미미와 비너스는 뗏목 위에 나란히 서 있다. 미미가 헤르메스를 향해 작별의 손짓을 한다.

미미 이제 모든 게 달라질 거야, 슈테른헨. 완전히 새롭게 다시 시작하는 거라고. 저 위 지상으로 올라가면 정말 모든 걸 다르게 하도록 하자.

비너스 그러려면 서로에게 아무 비밀도 없어야 해요. 모든 것을 다 서로 이야기해야 한다고요.

멀리 서 있는 헤르메스가 미미를 향해 손 키스를 보내자 미미도 거기에 화답해 키스를 보낸다.

미미 물론 그렇게 할 거야.
비너스 아니, 당신은 그렇게 하지 못할 거예요. 왜냐하
  면…… 도대체 이곳에서, 그 세 가지 성이나 가진 추잡
  한 놈팡이와…… 정확히 뭘 했는지 당신한테 물어볼 때
  마다 도망칠 게 뻔하니까요.

헤르메스가 마지막으로 손을 흔든다.

미미 그래, 지금…… 꼬치꼬치 전부 다 캐묻겠다는 거야, 아
  니면 다른 뭔가를 원하는 거야?

슬픈 얼굴로 강변에 서 있던 헤르메스가 방향을 돌려 안개 속으로 사라진다.

비너스 물론 난 다 알길 원해요.
미미 하지만 난 당신이 해리 녀석하고 무슨 일이 있었는지
  물어보지 않잖아…….
비너스 해리는 결코 남성과 여성을 다 가진 동성애자가 아니
  니까요.

미미 하지만 추잡한 녀석이지.

비너스 당신, 그런 말 하지 마세요. 해리는 언제나 나한테 다
정했어요.

미미 나의 헤르미 역시 마찬가지였어. 헤르미는 정말 사랑스
러운 존재야. 나한테 얼마나 헌신적이었다고.

비너스 그 사람이 그렇게 좋았으면, 그 사람한테 돌아가면
되겠네요.

미미 도대체 당신 여기 왜 내려온 거야, 나하고 다시 싸우려
고 내려온 거야?

비너스 (화가 나서) 내가 싸우고 싶어 한다는 거예요? 내 눈
에는 당신이 싸움을 거는 것 같은데요!

저승 세계. 거대한 산악 지대로 이어지는 황량한 벌판. 실외. 낮

(근접) 비너스와 미미.

비너스 난 순회공연도 취소하고 우물로 뛰어내렸어요. 그리
고 내 사랑을 돌려 달라는 애절한 노래로 저 아래 저승
사람들을 모두 감동시켰어요. 그런 내게 당신은 그 여장
남자와의 추잡한 짓거리가 얼마나 근사했는지를 계속
읊어 대고 있군요. 고맙다는 말은 단 한마디도 없이 말
이에요!

미미 미안해, 정말. 어쨌든 난 당신 때문에 목숨을 끊었어. 그

리고 헤르미와 그렇게 된 건 그가 당신 모습을 하고 있었기 때문이고. 하지만 그 일은…… 이제 다 지난일이야. 그러니 더 이상 그 일에 대해서는 말하지 않았으면 해. 이제 우리 앞만 보고 가도록 하자……. 아주 긍정적으로. 우리의 미래만 보자고. 다시는 뒤를 돌아볼 필요 없어.

이승으로 이어지는 스틱스 강변의 황량한 벌판을 지나, 이제 비너스와 미미는 구름에 가려 맨 꼭대기는 보이지도 않는, 거대한 산악 지대를 올라가고 있다. 두 사람은 종종 걸음을 멈춘 채 다정한 눈길로 서로를 바라본다. 가끔 미미는 무언가 말을 하려는 듯 입을 열기도 하지만, 비너스의 입에서는 더 이상 아무 말도 흘러나오지 않는다.

내레이션 입을 꽉 다문 채 진지하고 엄숙하게 두 사람은 앞으로 계속 걸어가고 있다. 두 사람은 세계사적으로 볼 때, 오르페우스와 에우리디케 이후에 사랑으로 죽음을 극복한 첫 번째 연인, 그래서 지상에서의 새로운 삶, 두 번째 삶을 살 기회가 주어진 첫 번째 연인이라는 사실에 강한 자부심을 느끼고 있다.

저승 세계. 산악 지대. 실외. 낮

비너스와 미미가 깊은 산속, 점점 가파르게 위로 올라가는 길을 따라 걸어가고 있다. 비너스가 아무 말 없이 앞장서서 걸어가고 있고, 미미는 약간 떨어진 거리에서 역시 아무 말 없이 비너스의 뒤를 따라가고 있다.

내레이션 이제 두 사람은 기분 나쁜 말, 상처 주는 말, 애매모호하거나 오해를 불러일으킬 만한 말은 하지 않는다. 그러느니 차라리 침묵을 택한다. 왜냐하면 오르페우스와 에우리디케의 그 끔찍한 선례[20]를 분명하게 기억하고 때문이다. 단 한 번 뒤를 돌아봄으로써 순식간에 사랑과 행복을 전부 잃어버린 그 끔찍한 일을.

(근접) 미미가 구름 속으로 사라져 어디로 향하고 있는지 도무지 알 수 없는 길을 올려다본다. 그러고는 뭔가 할 말이 있다는 듯 몇 번 헛기침을 한다.

비너스 (조심스럽게) 네?
미미 음…… 아무것도 아니야.

---

20 오르페우스는 독사에게 발목을 물려 죽은 아내, 에우리디케를 찾아 저승으로 내려간다. 그리고 그의 하프 연주에 감동한 하데스로부터 아내를 데리고 돌아가도 좋다는 허락을 받아 낸다. 그러나 지상에 돌아갈 때까지는 아내를 돌아보지 말라는 약속을 어긴 탓에 에우리디케는 다시 저승 세계로 사라져 버린다.

비너스 할 말 있는 거 아니에요?

미미 아니야, 내 사랑. 무슨 할 말이 있겠어? 단지 음…… 지금 방향을 제대로 알고 가는 건가 해서…….

비너스 위로 계속해서 올라가기만 하면 돼요. 우리가 왔던 그곳이 나올 때까지요.

미미 슈테른헨, 당신 정말 확실히 알고 있는 거지, 이 길이 어디로 이어지는지?

비너스 (약간 화를 내며) 못 믿겠다는 거예요, 당신? 좋아요, 그럼 내가 먼저 앞장설게요.

미미 물론 확실히 알겠지……. 단지 봉우리를 넘으면 또 다른 봉우리가 자꾸 나타나니까, 혹시 길을 잘못 든 게 아닐까 해서 하는 말이야. 완전히 길을 잃고 헤매기 전에 미리 확인하고 싶었을 뿐이라고.

미미가 비너스의 모습을 거의 알아볼 수 없을 정도로 구름이 하늘을 온통 뒤덮고 있다.

비너스 이 길이 어디로 향하는지 난 확실히 알고 있어요. 정확히 느낄 수 있다고요……. 지금 우리가 걸어가는 이 길이 맞는다는 느낌이 온다고요.

미미 (말을 끊으며) 당신 옛날 마라케시에서 어떤 일이 있었는지 생각 안 나? 그때 우린 장장 여덟 시간 동안이나 시장에서 빠져나오지 못하고 헤맸잖아.

비너스 (흥분해서) 그때도 내가 길을 찾았잖아요…….

미미 (말을 끊으며) 돌아보지 마!

비너스 그리고 원래는 시장이 아니라 호텔 수영장에 갈 계획이었고요.

미미 그래그래. 그때 왜 그렇게 일이 꼬였는지 나도 잘 안다고. 당신이 마사지하는 놈팡이랑 시시덕거리느라 그렇게 됐다는 거. 내가 그걸 눈치 못 챘을 줄 알았어?

비너스 놈팡이라고요? 그 사람을 부른 건 당신이었어요. 이유도 기억해요? 당신이 갑작스럽게 내 엉덩이가 너무 뚱뚱하다면서 부른 거였어요.

미미 맞아, 그랬었지. 그런데 당신 지금 보니 살이 좀 빠졌군……. 거기 엉덩이 말이야.

비너스 그래요, 당신 걱정하느라 그렇게 됐어요.

미미 그건 별로 좋지 않은데. 그럼 아마 당신 나이가 좀 더 들어 보일지도…….

비너스 (상처 받았다) 나이 들어 보인다고요……. 내 엉덩이가?

미미 부정적인 의미로 말한 게 아니야, 내 사랑. 내 말은 보통 여자의 나이를 정확히 파악해야 할 때, 나이가 들수록 살이 빠지는 경우는 거의 없는데, 보통 전체적으로 조금씩 처지는 걸 보고 알 수 있다는…….

비너스 그래서 지금 내 엉덩이가 처졌다는 말이에요?

미미 그런 뜻이 아니야. 난 단지 우리가 처음 만난 그때 당신은 정말 이 세상에서 가장 부드러운 엉덩이를 가졌다는 말을 하고 싶었을…….

비너스가 흥분해서 모든 경고와 목적들을 잊어버리고 미미를 향해 고개를 돌린다.

비너스 (날카롭게) 내 엉덩이가 더 이상 당신한테 어울리지 않으면, 그냥……

미미가 손으로 비너스의 옛날 엉덩이 모양을 만들려는 순간, 뭔가 알 수 없는 힘이 미미를 다시 하데스로 끌어당긴다.

비너스 (깜짝 놀라서) 미미!
미미 (슬프게) 기억나 당신? 그때 젖은 모래 속에 앉아 있던 때 말이야……
비너스 (비명을 지른다) 미미, 가면 안 돼요!

절망 속에서 그녀가 자꾸 멀어져 가는 미미를 향해 손을 내민다.

미미 (멀리서) 동그랗게 솟아 있던 당신의 그 작은 엉덩이는 정말 이 세상에서…….
비너스 미미! 미미!

(클로즈업) 절망한 얼굴로 비너스가 아래쪽을 내려다본다. (비너스의 시선) 미미의 모습이 점점 더 작아진다. 그러고는 안개 속에서 하나의 점이 되어 완전히 사라져 버린다.

베를린. 박물관 섬으로 이어지는 슈프레강 위의 다리. 실외. 밤

미미가 페르가몬 박물관을 지나 비너스를 처음으로 만났던 다리를 향해 걸어가고 있다. 날씨가 춥다. 미미는 검은색 겨울 코트를 입고 있다.

내레이션 신화처럼 위대했던 사랑도 별것 아닌 사소한 의견 차이로 끝나버릴 수 있다는 사실이 미미에게서 영원히 마음의 평화를 빼앗아 가버린다. 미미는 잃어버린 연인이 죽을 때까지, 그가 자신의 엉덩이가 마음에 들지 않는다고 불평을 한 것으로 오해할지도 모른다는 사실 때문에 마음이 몹시 괴롭다. 그래서 그는 오랜 친구 헤르메스에게 부탁하여 세 시간의 유예를 얻어 마지막으로 베를린 시내를 찾아온다. 물론 헤르메스로부터 이번 방문은 오로지 마지막으로 자신과 비너스 사이의 오해에 대하여 명쾌하게 해명하기 위한 것일 뿐, 결코 감상적이고 회고적인 감정의 유희에 젖기 위한 것이 아님을 명심하라는 경고를 받는다.

보행자 다리의 계단을 내려간 미미가 장다르멘마르크트 광장 쪽으로 급히 걸어간다.

베를린. 장다르멘마르크트 광장. 실외. 밤

어디로 가야 할지 확실히 알고 있는 미미는 장다르멘마르크트 광장을 지나 불이 환하게 밝혀진 콘서트홀을 향해 걸어간다.

콘서트홀. 귀빈석. 실내. 밤

콘서트홀은 벌써 불이 꺼졌고 무대의 막은 아직 올라가지 않았다. 미미가 길을 가로막고 있는 중년 부인을 밀치고 3열 중앙에 있는 자신의 자리를 찾아가 앉는다. 막이 오르고 오케스트라가 연주를 시작한다.

(음악) 나흐티갈의 노래 「어두운 골목들」의 전주.

(클로즈업) 미미. 자신이 작곡한 노래가 흐르자 미미의 입가에 만족스러운 미소가 흐른다. 그가 기대를 잔뜩 품은 얼굴로 흐릿한 조명이 비치는 무대를 쳐다본다. 드디어 무대 뒤쪽에서 여자가 걸어나온다. 처음에는 무대 뒤에만 조명이 비추고 있기 때문에 실루엣으로만 알아볼 수 있다. 청중들의 박수와 환호성을 받으며 여자가 무대 앞으로 걸어 나와, 스포트라이트를 받고 있는 마이크 앞에 선다. 번쩍이는 스포트라이트 불빛 속에 70대로 보이는, 마르고 연약한 한 여자가 서 있다. 비너스 모르겐슈테른이다.

(클로즈업) 미미의 얼굴에서 미소가 사라진다. 그가 당황한 표정으로 무대 위의 늙은 여인을 바라본다. 그녀가 막 노래를 부르기 시작한다.

비너스 (노래한다)

어두운 골목들을 전부 찾아 헤맸네.

폭풍 속 바다들도 전부 돌아다녔네.

하늘의 별들도 손으로 잡아 보았네.

술잔들도 깨끗이 비워 버렸네.

하얀 밤들을 두려움에 떨며 찾아다녔네.

상처 받은 가슴을 그 얼마나 자주 움켜쥐었던가.

아, 나 자신이 정말 저주스럽구나.

진실로 내가 원하는 것을 못 찾았으니…….

당신의 노래는 어디로 갔나요,

한 번만 더 그 노래들을 들려줘요…….

당신의 사랑 노래를 한 번만 더 들려줘요.

당신은 너무 오래 내 심장을 뺏어 갔어요,

내 심장은 당신 때문에 터질 것만 같아요.

당신을 잊을 수가, 잊을 수가 없어요,

사랑해요 당신, 너무너무 사랑해요.

당신의 노래는 어디로 갔나요…….

미미가 꼼짝도 않고 자리에 앉아 있다. 그는 자신의 눈앞에서 벌어지는 광경을 도저히 믿을 수가 없다. 더 이상 참을 수가 없다. 노래가 끝나기도 전에 그는 자리에서 일어나 허리를 숙인 채 자리에서 빠져나와 살그머니 콘서트홀 밖으로 나간다.

장다르멘마르크트 광장. 실외. 밤

화면에 광장 전체가 잡힌다. 눈이 내리기 시작한다. 미미가 콘서트홀 계단을 내려와 광장을 가로질러 간다.

미미의 아파트 앞. 미미가 아파트 입구에 서서 문패에 적힌 이름들을 본다.

(인서트) 모든 문패에 이름들이 적혀 있다. 단 한 집, 한때 미미가 살았던 맨 꼭대기 층 문패에만 아무 이름도 적혀 있지 않다. 미미가 아파트 입구에서 몇 발자국 뒤로 물러서서 꼭대기 층의 어두운 창문을 올려다본다.

(회상) 젊은 비너스와 미미가 미미의 침대 위에서 서로 사랑을 나누고 있다.

미미가 다시 방향을 돌려 광장을 가로질러 가려는데, 콘서트홀 쪽에서 비너스가 천천히 아파트를 향해 걸어오고 있다. 그녀의 손에는 꽃다발이 들려 있다. 마치 벼락이라도 맞은 듯 미미가 그 자리에 우뚝 서서 우아한 모피 코트를 입고 있는 그 노년의 여인을 쳐다본다. 미미의 곁을 스쳐 지나가던 그녀 역시 미미를 알아보고 발걸음을 멈춘다.

(클로즈업) 미미. 미미가 비너스를 향해 애매한 미소를 짓는다.

(클로즈업) 비너스. 비너스가 친절한 미소로 미미의 미소에 화답한다. 그러고는 비너스 역시 발걸음을 멈추고 조용히 미미의 얼굴을 쳐다본다.

비너스 당신은 한때 내가 잘 알고 지내던 어떤 사람하고……

닮았어요. 정말…… 그 사람과 너무 비슷하게 생겼군요.

미미 당신도 그렇습니다.

비너스 그 사람을…… 난 정말 사랑했답니다. 아주 오래전 일이지만요.

미미 그렇다면 그분도…… 지금쯤…… 당신과 비슷한…… 연세겠군요.

비너스 아니오. 오히려 약간 더 많지요. 나보다 몇 살 위니까요. 하지만 그 사람을 생각할 때면 나이 든 모습은 상상이 안 돼요. 그 사람을 생각하면 늘 내가 그 사람을…… 맨 처음 만났던 그때의 모습이 떠오르거든요. 우습지 않아요?

미미 그래요, 정말 우습네요……. 저도 그렇거든요.

비너스 그래요. 어떤 일이 오래되면 오래될수록 오히려 사람들은 아름다웠던 것만 기억하게 되지요. 안 좋았던 일은 잊어버리고요. 하지만 나는 그 사람이 옛날에 내게 어떻게 행동했는지 별로 기억하고 싶지 않아요. 심지어 마지막 순간에도 그 사람은 나를 욕하고 내게 상처를 주었으니까요.

미미 아마 그분도 그럴 의도는 아니었을 겁니다.

비너스 정말 그랬다니까요. 그 사람이 나한테 뭐라고 말했는지 알아요?

미미 (작은 소리로) 아니오……. 뭐라고 했는데요?

비너스 다시 그 일을 떠올리고 싶지 않군요.

미미 편하게 말씀해 보십시오.

비너스가 고개를 젓는다.

비너스 아무튼 나는 그 사람에게 이렇게 말했어요. 〈정말 그
렇다면 지옥으로 꺼져 버려, 당신…… 이 색마 같으니라
고!〉 그러자 그 사람은 정말 그렇게 사라져 버렸어
요……. 유감스럽게도요. 하지만 생각해 보면 차라리 그
게 다행이었어요.

미미 다행이었다고요?

비너스 네, 그래요. 우리의 사랑은 그때 이미 더 이상 위대해
질 수 없을 만큼 위대했으니까요. 더 이상은 초라해지는
것밖에 남아 있지 않았을 테니까요.

미미 (고개를 끄덕인다) 아마 그럴지도 모르겠군요.

비너스 난 차라리 위대한 사랑을 기억하고 싶어요……. 단
한 번뿐인 그런 사랑을요.

미미 (미소를 지으며) 그 어떤 것과도 비교할 수 없고……
마법에 걸린 것 같고…… 시적이고…….

비너스 (미소를 지으며) 낭만적이고!

미미 (작은 소리로) 불가능한 그런 사랑을…….

(클로즈업) 두 사람이 서로를 바라본다. 비너스가 미미에게 다가
와 홀쭉해진 그의 뺨에 키스를 한다.

비너스 잘 자요, 미미!

미미 잘 자요, 슈테른헨!

비너스가 뒤돌아 걸어간다. 놀랍게도 그녀는 곧장 그가 전에 살았던 아파트로 들어간다. 그녀가 아파트의 문들을 방방이 열어젖히고 환기를 시킨다. 미미가 텅 빈 광장에 잠시 더 머물면서 한때 자신이 살았던 아파트의 창문을 천천히 올려다본다. 그의 집에서 불빛이 새어나온다.

(음악) 오르페우스의 아리아.

내레이션 이것이 바로 미미 나흐티갈과 비너스 모르겐슈테른의 믿을 수 없는, 그렇지만 진실한 이야기이다. 만약 두 사람이 아직 죽지 않았다면 아마 지금도 그들은 살아 있을 것이다.

광장 전체를 위에서 내려다보는 화면. 눈발이 휘날리는 광장에는 아무도 없다.

(끝)

영화 속 장면들

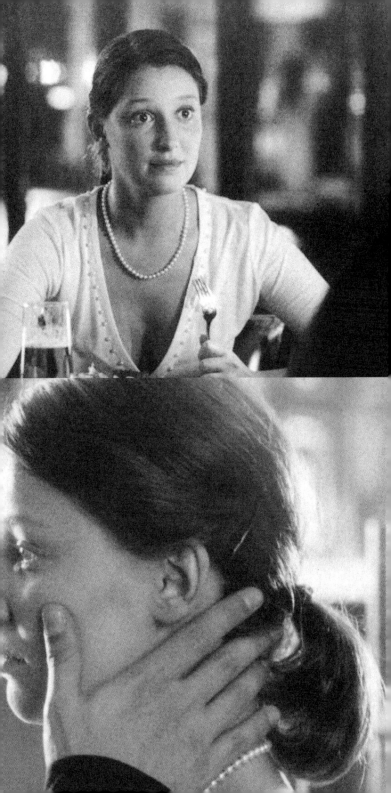

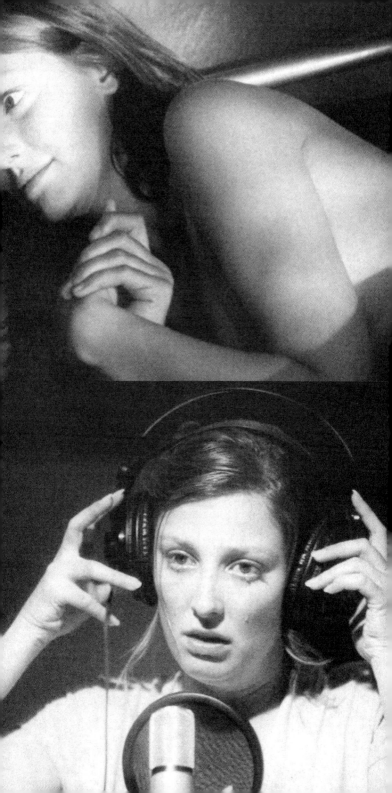

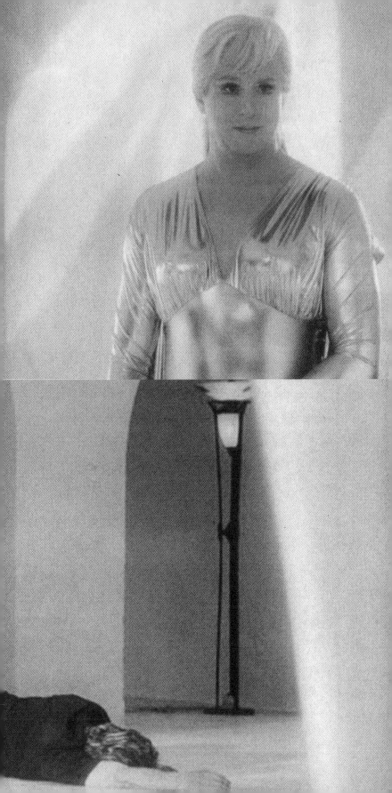

「사랑의 추구와 발견」

배역

미미 나흐티갈　모리츠 블라이프트로이

비너스 모르겐슈테른　알렉산드라 마리아 라라

테오 슈토코프스키　우베 옥젠크네히트

헬레나 슈토코프스키　앙케 엥겔케

헤르메스　하이노 페르히

해리　유스투스 폰 도나니

칼립소　마릴리 밀리아

카론　리하르트 베크

로비 게디너　크리스토프 마리아 헤르프스트

그리고

하랄트 슈미트 외 다수

스태프

감독　헬무트 디틀

시나리오　헬무트 디틀

파트리크 쥐스킨트

(헬무트 디틀의 아이디어를 바탕으로 함)

제작　헬무트 디틀

노르베르트 프로이스

공동 제작　다비트 그뢰네볼트

한스 양케

협력 프로듀서　아냐 푀링거

음악　타마라 디틀, 세라피나 디틀

라인 프로듀서　클라우스 슈핀러

생산 책임　필리프 이븐캄프

제작 책임　울리 파우트

제작 코디네이션　도로테 후프슈미트

제작 보조　낸시 들루스투스

촬영 책임　펠릭스 라이터만

세트 제작 책임　디르크 고르니켈

제작 관리 책임　크리스틀 드루크아이스

제작 관리　게를린데 리히터

제1조감독　하누슈 폴락 2세

제2조감독　브리타 바우어

스크립트/콘티　그레틀 차일링거

카메라　위르겐 위르게스

카메라 보조　외르크 괸너

장치 보조　로미 카

스틸 사진　위르겐 올치크

오리지널 음향　프랑크 하이트브링크

음향 보조　프리드리히 헤르츠베르크

마르쿠스 우르히스

장면 배경　알브레히트 콘라트

무대 장치　에르네스티네 히퍼

미술 감독　마티아스 클레메

스토리보드 제작　악셀 아이히호르스트

무대 장치 보조　이자벨 폰 포르스터

막시밀리안 리히트너

야외 촬영 소품　벨레 슈나이더

세트 촬영 소품　잉그리트 람자우어

제1세트 제작　클라우스 에크만

제2세트 제작　플로리안 샤파르시크

편집　이네스 레니에

프랑크 뮐러

편집 보조　율리아 파울리

제1의상 담당　베른트 슈토킹거

제2의상 담당　하이케 슐츠-파뎀레히트

분장실　앙겔라 레네베르크

율리아나 슈텐첼

분장　레나 라차로토

예카테리나 외르텔

분장 보조   산드라 로이테르트

상부 조명   크리스토프 니켈

회전 무대 책임   다니엘 호른

시각 효과 책임   요아힘 그뤼닝거

특수 효과   네프처바벨스베르크 주식회사

캐스팅   안 도르테 브라커

알렉산드라 마리아 라라의 노래 지도   엘레나 샤프브란데스

모리츠 블라이프트로이의 피아노 지도와 노래 지도   존 레만

그리스

제작   수지 타시오스

지코스 타시오스

촬영   나탈리 두카

미술 감독   디미트리스 지아카스

소품   파리스 부를레토스

캐스팅   엘레프테리아 디미트로마놀라키

후반 작업

영화 음악 작곡   다리오 파리나

가곡 작곡   하롤트 팔터마이어

가곡 작사   헬무트 디틀

파트리크 쥐스킨트

음악 편집   제프 바스토

보리스 요이치

오르페우스 아리아 해석   수자네 존넨샤인

슬로바키아 라디오 브라티슬라바에서 진행된 오케스트라 촬영

믹싱   막스 람러

음향 편집/음향 효과   헬가 바그너

동시 음향 편집   리사 라인하르트게프켄

0-Ton 음향 편집   마그다 하버니켈

동시 대화 음향 편집   모니카 구스너

디지털 효과 및 타이틀 디자인   카 스캔라인 프로덕션

VFX 프로듀서   슈테파니 슈탈프

VFX 총관리   얀 크루프

VFX 제작 관리   크리스티안 포크르니

3D 총관리   다니엘레 플란텍

디지털 중급 VFX 및 저승 세계   스캔 & 레코드 35

제작 총관리   이스마트 차이디

디지털 색채 및 기술 총관리   가브리엘 데디치

디지털 녹음   아리 디지털 필름

디지털 필름 제작 책임   헤닝 레틀라인

디지털 색채 총관리   우치 마르틴

필름 복제   아리 필름 & TV

필름 복제 책임   세프 라이딩거

이 영화는 디아나 영화사/파네스 영화사 공동 제작으로, 독일 영화 제작 미디어 펀드, 콘스탄틴 영화사, 타이푼 영화사와 ZDF의 지원으로 제작되었다.

바이에른 TV 영화 기금 후원

영화 진흥 위원회 후원

베를린 브란덴부르크 방송 위원회 후원

시네마스코프

돌비 디지털

상영 시간 약 107분

독일 연방 공화국 2004년

2005년 1월 27일 개봉

콘스탄틴 영화사 배급

파트리크 쥐스킨트

사랑과 죽음에 대하여

어느 누구도 그것에 대해 물어보지 않았을 때는 그것에 대해 나는 알고 있다. 하지만 누군가로부터 그것에 대한 질문을 받고, 그것에 대해 설명을 하려 하면 나는 더 이상 그것이 무엇인지 알지 못한다.

아우구스티누스 『참회록』

〈시간〉에 대한 성(聖)아우구스티누스의 발언은 사랑에 관해서도 어느 정도 유효해 보인다. 즉 우리가 사랑에 대해 생각을 덜할 때에는 그것이 확실해 보이는 반면, 막상 사랑에 대해 고민을 하기 시작하면 그때부터 우리는 점점 더 커다란 혼란에 빠지게 되는 것이다. 이런 기이한 현상은 인류의 문화가 시작된 이래 인간이 예술을 통해 사랑이 무엇인지 끊임없이 추구해 왔다는 사실 그리고 오르페우스 이후로 시를 통해 사랑에 대해 끈질기게 탐구해 왔다는 사실을 통해서도 확인할 수 있다. 왜냐하면 잘 알다시피 시인이란 자신이 잘 알고 있는 것에 대해서가 아니라 자신이 모르고 있는 것에 대해 쓰기 때문이다. 그렇게 하는 이유는 비록 잘 알지는 못하지만 아주 정확하게 알기를 원하기 때문이다. 〈정확하게-알지-못함〉, 즉 〈도대체-나는-그것이-무엇인지-모르겠다〉는 사실이 바로 사람들로 하여금 붓이나 펜 혹은 악기를 집어들도록 만드는 가장 원초적인 동력이 된다. 분노나 슬픔, 충만함이나 돈 같은 것은 철저하게 부수적인 문제이다. 그렇지 않았다면 시나 소설 혹은 드라마 대신 공고문 같은 것만 존재했을 것이다.

아무튼 사랑에는 뭔가 수수께끼 같은 것, 즉 사람들이 완벽하게 알 수 없고 충분히 설명할 수 없는 어떤 것이 들어 있는 것 같다. 물론 빅뱅에 대한 질문이나 2주일 후의 날씨가 어떻게 될 것인가에 관한 질문도 그런 점에서는 마찬가지 경우라 할 수 있다. 하지만 빅뱅 이론이나 일기 예보는 사랑에 관한 질문들만큼 시인이나 청중들의 관심을 끌지 못한다. 따라서 사랑에는 신비로움을 넘어서는 뭔가가 들어 있는 것이 틀림없다. 사람들은 사랑을 지극히 개인적인 문제로 인식한다. 즉 실존적으로 자신에게 가장 중요한 문제로 이해하고 있는 것이다. 그렇기 때문에 천체 물리학자조차 사랑하는 여자를 구할 때는 우주의 근원 같은 문제에는 별로 관심을 쏟지 않는 법이다. 하물며 날씨에 대해서는 두말할 필요도 없다.

하지만 왜 숨 쉬는 일이나 먹는 일 혹은 소화나 배변 같은 일에는 그것이 적용될 수 없을까? 어렸을 때부터 나는 소설 속 인물들은 왜 화장실에도 안 갈까 하는 의문을 가졌다. 그 점은 동화나 오페라, 연극이나 영화, 조형 미술의 경우에도 마찬가지였다. 사람에게 가장 중요하고 시급한 일, 경우에 따라서는 목숨이 달려 있는 그런 행위들을 왜 예술에서는 다루지 않는 것일까? 예술은 그런 것들 대신, 당시 내 생각으로는 포기해도 괜찮을 것 같은 행위들만 다루었다. 즉 사랑의 기쁨과 슬픔, 사랑의 각 단계별 변화와 유희 같은 문제만이 예술 속에서 끝없이 되풀이되고 있었다. 왜 인류의 역사에는 여성의 가슴과 성기 혹은 남근에 대한 숭배는 있는데 배설물에 대한 숭배는 존재하지 않을까? 좀 유치해 보이는 나의 이런 생각은 전혀 엉뚱한 것은 아니다. 플라톤의 『향연』에서 의사 에릭시마코스는 육체의 진정한 포만감과 배설 행위 역시, 두 인간의 영혼 사이에 오가는 사랑 못지않게 에로스의 영향을 받는 것으로 보았다. 하지만 에릭시마코스는 사랑의 본질에 대해 언급하는 일곱 명의 떠버리들[21] 중 가장 단순한 사람이다. 자연 과학자인 그에게 에로스란 이 세상에 존재하는 물리학적인 상수(常數)일 뿐이다. 그에 따르면 에로스는 농업에서부터 계절의 변화에 이르기까지, 또 음악에서부터 딸꾹질에 이르기까지 존재하는 모든 영역에 질서를 부여하는 가장 조화로운 근본 원리에 다름 아니다.

어쩌면 오늘날에도 에릭시마코스처럼 사랑을 효소나 호르몬 혹은 아미노산의 영향으로 발생하는 무수히 많은 현상 중의 하나로 정의하는 사람이 있을지도 모르겠다. 하지만 그런 정의는 우리에게 아무런 의미가 없다. 생산적이지 못할 뿐만 아니라 아무것도 해명해 주지 않기 때문이다. 정의를 내린다는 것은 일반화시킨다는 의미가 아니라 보편적인 것과 구별되는 차별점을 찾는 것이기 때문이다. 우리는 사랑이란 뭔가 특별한 것임에 틀림없다고 믿고 있는데, 누군가가

---

21 플라톤의 『향연』에서 소크라테스와 대화를 나누는 일곱 사람을 지칭함.

사랑은 소화 기관이나 계절의 변화처럼 보편적인 근본 원리 중의 하나라고 설명해 주는 것은 별로 도움이 안 된다. 그런 설명은 죽음이라는 현상 역시 아메바에서부터 페가수스자리의 흑점에 이르기까지, 모든 존재에 나타나는 열역학적인 현상에 불과하다고 설명하는 것처럼 아무런 의미가 없다.

물론 사랑에도 물리학적 측면, 화학적 측면, 기계적 측면 그리고 식물적 측면들이 있을 수 있다. 사랑의 그런 측면들을 스탕달은 수정체라고 불렀으며, 또 어디에서인가는 열정이라고도 표현했다. 소크라테스는 『파이드로스』에서 도취를 사랑에 빠진 상태로서, 병이자 광기라고 표현했다. 하지만 그것은 나쁜 도취가 아니라 이 세상에 존재하는 도취 중 가장 좋은 것이기 때문에 해로운 질병이 아니라고 했다. 병리학적 의미에서 볼 때, 그것은 원래부터 인간이 가지고 있는 광기가 아니라 신성함에 자극받아 생겨난, 신성함을 동경하는 광기이고, 그렇기 때문에 지상에 매인 우리 인간의 영혼에 날개를 달아 주는 성스러운 광기라는 것이다. 물론 에로스 자체는, 신처럼 좋지도 나쁘지도, 또 아름답지도 추하지도 않은 그런 완벽한 존재가 아니다. 에로스는 위대한 마귀[22]로서 인간과 신의 중간자적 존재, 인간으로 하여금 자신에게 결핍된 것들에 대해 갈망하도록 만드는 그런 존재이다. 즉 에로스는 아름다움이나 선함, 행복이나 완전함, 심지어는 불멸같이 신만이 가진 특성을 동경하도록 만든다. 사랑에 빠진 사람들은 그런 신적인 속성들이 연인에게 투영되어 있는

22 Dämon. 마귀, 악령, 귀신, 초자연력, 인간에게 내재하는 초인적 힘.

것을 본다. 『향연』에서 소크라테스가 이 세상에서 가장 현명한 여인이라고 찬양하고 있는 디오티마는 〈에로스는 아름다움 속에서의 잉태와 분만을 추구하는 것〉이라고 말하고 있다. 물론 육체적이자 동물적인 동시에 정신적, 교육적, 예술적, 정치적, 철학적이기도 한 이러한 〈잉태와 분만〉, 한마디로 말해서 〈창조적인 잉태와 분만〉은 인간에게 불멸성을 부여한다. 왜냐하면 그것은 죽음을 넘어서까지 지속되기 때문이다. 〈아름다움 속에서〉라는 말은 그냥 단순한 수식 어구가 아니다. 〈아름다움 속에서의 잉태와 분만〉이라는 것은 우리 인간과는 다른 신적인 특성에 대한 동경을 의미하는 것이다.

정말 대단한 말이다. 하지만 그 영향은 지난 2천5백 년 동안 사라지지 않고 유지되고 있다. 원시 시대의 북소리로부터 「피델리오」와 「마술피리」에 이르기까지, 삼류 소설부터 클라이스트의 『암피트리온』에 이르기까지, 사랑은 뭔가 고상한 것, 천상의 것, 구원하는 것이라고 전파해 온 문학 작품이나 노래, 그리고 사랑을 노래하고 묘사하기 위해 사용된 용어들은 오늘날까지도 종교적인 성역으로 남아 있다. 사랑을 배설물과 확실하게 구별해 주는 것은 과연 무엇일까?

세 가지 사례

얼마 전 시내에서 자동차를 몰고 가는 길에 경험한 일이다. 신호 한 번에 기껏해야 차량 서너 대 정도만 통과할 수 있을 정도로 신호 주기가 짧기로 유명한 어느 사거리에서, 나는 교차로를 통과하기 위해 한참을 기다려야 했다. 신호가

231

서너 번 바뀌는 동안 내 오른쪽과 왼쪽에 있던 운전자들은 담배에 불을 붙이거나 라디오를 켜거나 신문을 힐끔거리거나 뭔가를 마시거나 했다. 화장을 고치는 여성 운전자들도 있었다. 잠시 길이 막힐 때 사람들이 보통 하는 행동들이었다.

그런데 내 앞에 있던 자동차, 트렁크 뒤에 〈거시기가 팽팽해진 멋진 그대여, 제발 날 좀 안아 줘, 난 지금 뜨겁게 달아올랐어〉라는 유치하기 짝이 없는 스티커가 붙어 있는, 밀크커피 같은 연갈색의 낡은 오펠 오메가 자동차를 타고 있던 한 쌍의 연인은 다른 방식으로 시간을 보내고 있었다. 그 차에 타고 있던 한 쌍의 남녀는 서로 머리를 맞댄 채 황홀한 미소로 상대방의 눈을 들여다보며 밀어를 속삭였다. 그들은 손가락으로 상대방의 얼굴을 쓰다듬는 것으로도 모자라 키스를 퍼부으며 서로의 얼굴을 핥았다. 그렇게 정신없이 밀어를 속삭이다 한순간 깜짝 놀라 서로에게서 떨어져서는 넋이 나간 멍한 눈길로 창밖을 바라보았다. 그러고는 2초도 안 돼 다시 서로를 부둥켜안았다. 마치 여러 달 동안 만나지 못했던 연인이 기적적인 재회의 기쁨에 들뜬 것처럼 그들은 격렬한 포옹과 함께 서로를 응시하고 입맞춤을 했다. 운전석에는 여자가 앉아 있었다. 작고 가냘픈 체구의 그 여자는 옆모습이 매우 우아한 데다가 가느다란 목, 숱이 많은 긴 머리카락, 웃을 때마다 반짝거리는 고른 치아, 그리고 생기 있는 눈빛까지 별로 흠잡을 데가 없었다. 반면에 옆 좌석에 앉아 있는 남자의 태도는 오만불손하기 짝이 없었다. 그는 오른발을 차

유리창 밖으로 걸쳐 놓고, 왼팔로는 호색한처럼 여자의 어깨를 두르고 있었다. 사람들이 별로 가까이하고 싶어 하지 않는 그런 부류의 남자였다. 행동 하나하나가 거칠기 짝이 없는 데다 굵은 목덜미, 머리카락을 밀어 버린 정수리, 왼쪽 귀에 걸린 은귀고리, 여드름투성이 피부, 주먹코, 키스할 때조차 절대 껌을 뱉지 않고 항상 반쯤 벌리고 있는 입까지, 외모마저 끔찍스러웠다. 객관적으로 볼 때, 더 괜찮은 남자를 충분히 만날 수 있을 것 같은 여자가 어떻게 저런 끔찍한 남자와 사귀게 된 것인지 도저히 이해할 수 없었다.

하지만 여자 자신은 전혀 그렇게 생각하지 않는 것 같았다. 신호가 바뀌어 차들이 진행하는 동안 잠시 애무를 멈추었던 그녀는 다시 남자에게 애교를 부렸다. 넋이 빠진 표정으로 남자를 쳐다보다가 마치 비둘기가 사랑을 나눌 때처럼 남자의 얼굴에 키스를 퍼부었고, 그의 손길에 몸을 맡겼다. 이어서 더 끔찍한 일이 벌어졌다. 남자의 오른손이 그녀의 깨끗한 치아를 하나씩 훑어 지나가면서 핥는 동안 남자의 왼손이 여자의 탐스러운 갈색 머릿결을 헤집고 들어가 그녀의 머리를 아래쪽으로 눌렀다. 여자는, 남자의 압박 때문인지 혹은 그녀 자신의 욕정 때문인지 모르겠지만, 점차 머리를 아래로 숙이며 내 시야에서 사라졌다. 마침내 남자의 무릎까지 몸을 숙인 여자가 그곳에서 남자의 욕망을 해소시켜 주느라 애를 썼다. 그동안 무식한 그 사내 녀석은 머리를 한껏 뒤로 젖히고 운동화 신은 다리를 창문 밖으로 내밀어 그로테스크하게 흔들어 대면서 여자의 노력에 화답하고 있었다.

그러는 동안 다시 신호가 바뀌었고, 내 뒤에 있던 사람들이 경적을 울리기 시작했다. 가냘픈 여자가 헝클어진 머릿결과 빨갛게 상기된 얼굴로 몸을 일으켜 자신의 자리에 똑바로 앉았다. 남자 녀석은 사람들이 다시 한번 경적을 울리자 뒤를 돌아보았다. 그러고는 전혀 경적을 울리지 않았던 나를 향해 입가에 비웃음을 지으며 도대체 무슨 일이냐는 듯 태연하게 껌을 질겅질겅 씹으면서 세상에서 가장 외설적인 손가락 욕설을 보냈다. 그것도 여자의 아름다운 머리카락을 헤집던 그 손가락으로. 여자는 시동을 건 후에도 뒤에 있던 나와 다른 사람들을 한 번 더 기다리게 만들려는 목적으로 좀 더 기다리고 있다가 신호가 막 빨간불로 바뀌려는 마지막 순간에 쏜살같이 앞으로 내달렸다.

〈남자와 여자, 여자와 남자는 서로를 신성함으로 이끈다.〉 오페라 「마술피리」에서 파미나와 파파게노가 부르는 사랑의 찬가에 나오는 말이다. 파미나는 오페라 마지막 부분에서 에로스의 도움으로 그녀의 연인 타미노와 함께 수도자의 사원에 도착한다. 세속적인 야망을 가진 남자 파파게노, 연인 파파게나에게서조차 기껏해야 육체적인 쾌락과 약간의 〈사회적인 대화〉 정도를 기대하고 있는 남자 파파게노는 한 무리의 어린아이들의 도움으로 점점 더 신성한 행복과 불멸의 세계를 알게 된다. 두 가지 사례 모두 완전히 플라톤적인 의미로 아름답고 좋은 일이다. 하지만 그때 난 신호를 기다리는 동안 도망치듯 교차로를 빠져나가는 남녀의 뒷모습을 바라보면서 다음과 같은 의문을 가졌다. 도대체 어떻게 에로스는 앞에서 말한 그 한 쌍의 남녀가 아름다움 속에서의 잉태와 분만을 향해 나아간다고 생각할 수가 있을까?

물론 지금 돌이켜 보면 그들이 아직 어리다는 점을 감안해야 할 것이다. 기껏해야 스무 살 정도 될까 말까 할 정도로 어린 나이라서 그들은 에로틱한 사랑에 빠져 바보 멍청이가 되었을 것이다. 아무튼 그 애송이 사내 녀석은 멍청함의 표본이라 할 만하다. 그런데 어떻게 그 귀여운 여자까지 그토록 어리석을 수가 있는가? 하지만 유감스럽게도 그런 일은 귀여운 여자들한테서 자주 일어나는 일이다. 플라톤에 의하면 바보들은 그들 자신에게 만족하고 있기 때문에 아름다움이나 선함 혹은 성스러운 행복을 추구하지 않는다. 현명한 사람들 역시 이미 그 모든 것을 소유하고 있기에 그런 것을 추구하지 않는다. 그러니까 단지 중간에 있는 사람들, 바보와 현자의 중간에 있는 사람들만 그것을 추구한다. 당신이나 나, 여기 교차로에 갇혀 꼼짝도 못하고 초조하게 신호가 바뀌기를 기다리는 그런 사람들만이 에로스의 화살에 쉽게 반응을 보이는 것이다. 앞에서 언급한 그 연갈색 오펠 오메가 자동차 안에서 일어난 행위의 경우에는 사랑이라는 것이 전혀 중요하지 않다. 아니, 그것은 사랑과 가장 관계가 먼 행위이다. 그것은 혐오스러운 짓거리에 불과하다.

그 며칠 후에 나는 어떤 지인의 비교적 근사한 저녁 식사에 초대를 받았다. 그런 경우 대부분 주빈이 있기 마련이고, 일반 손님들은 그 사람과 인사를 할 기회를 잡기 위해 주변

을 서성이게 된다. 그것은 좋은 일이고, 아름다운 일이며 칭
찬할 만한 일이다. 그날의 주빈은 갓 결혼한 어떤 부부였다.
여자는 금발에 뚱뚱한 몸매를 한 70대의 아주 유명한 예술
애호가였고, 남자는 50대 초반 정도의 루마니아 사람으로,
한때 세계적 명성을 떨친 무용가이자 안무가였다. 남자의 머
리카락은 새치 하나 없을 정도로 새까맸으며 놀랄 정도로 자
세도 꼿꼿했다. 사실 그 두 사람은 따로따로 혹은 둘이 함께
신문에 자주 실렸기 때문에 모르는 사람이 거의 없었다. 주
로 그녀의 돈, 남자 경력, 다섯 명이나 되는 그녀의 전남편들,
세 명이나 되는 남자의 전 부인들, 17년이나 되는 두 사람의
나이 차이 등에 대해 조롱하는 내용이었다. 하지만 그들을
직접 눈앞에서 보게 되니, 이 특별한 커플의 결합에는 사회
적 명성이나 돈 같은 것은 전혀 상관이 없다는 사실을 확신
하게 되었다. 그와는 반대로 서로의 손을 꼭 잡고 있는 두 사
람을 보면 오히려 에로스의 손길이 미쳤음을 알 수 있었다.
베란다에서 간단히 다과를 먹는 자리에서도 그들은 함께 등
나무 의자에 앉아서 하나의 컵으로 오렌지 주스를 나눠 마셨
으며, 빵 한 개를 같이 나눠 먹었다. 또한 그들은 상대방하고
만 이야기를 나누었기 때문에 다른 사람이 둘 중 어느 한 사
람과 이야기를 나누는 것은 불가능했다. 더 정확히 말하면
그들은 귓속말로, 그것도 주변 사람들이 이해할 수 없도록
프랑스어, 스페인어, 독일어를 마구 섞어 가며 달콤한 사랑
의 밀어를 속삭였다. 저녁 식탁으로 자리를 옮기게 되자 여
자가 몹시 예민해지더니 결국 흥분한 목소리로 집주인에게

자리를 바꿔 달라고 요구했다. 원래는 모든 부부가 자신의 배우자를 마주 보도록 좌석이 배치되어 있었으나 그들은 자신들의 자리를 나란히 배치해 달라고 요구했던 것이다. 식탁에서 그들은 서로의 의자를 가능한 한 바짝 끌어당겨 앉았고, 그 결과 마치 작은 벤치 하나에 두 사람이 함께 앉아 있는 것 같은 자세가 되었다. 그리고 두 사람 모두 한 손으로는 계속해서 상대방을 몸을 애무하느라 경황이 없었기 때문에 여자는 오른손으로, 남자는 왼손으로밖에 먹을 수가 없었다. 음식을 먹기 위해 한순간 서로에게서 눈길을 돌려 자신들 앞에 놓여 있는 두 개의 개인 접시를 향해야 할 때 그들의 눈은 슬퍼 보였다. 그들은 차라리 작은 접시 하나로 음식을 같이 먹기 바라는 것 같았다. 그래서인지 그들은 거의 음식을 먹지 않았다. 확실히 식사 시간은 그들에게는 괴로운 시간 낭비처럼 보였다. 상대방과 사랑의 눈길을 주고받는 것을 방해하는 쓸데없는 훼방꾼 말이다. 결국 디저트가 나오기 직전에 그들은 택시를 불러 달라고 요청했다. 그러고는 택시가 도착하자마자 즉시 자리에서 일어나 주변에 빙 둘러서 있던 손님들에게 건성으로 고개만 살짝 숙인 후 재빨리 사라져 버렸다. 남아 있던 손님들은 그들의 태도에 할 말을 잃었으나, 한편으로는 마음이 가벼워지는 것을 느꼈다.

〈이것〉은 진정한 사랑인가? 물론 일종의 도취이고, 광기인 것도 분명하다. 그러나 세상에 존재하는 가장 고귀한 도취라면? 신적인 것에 영감을 받아, 신적인 것으로 나아가는 광기라면? 간단히 믿게 될 일은 아니지만.

1950년 여름 일흔다섯 살의 한 노인이 아내와 맏딸을 데리고 3주간 일정으로 취리히에 있는 〈돌더 그랜드 호텔〉에 머무르고 있었다. 그는 결혼한 지 45년이 되었으며, 슬하에 여섯 명의 자녀를 둔 세계적으로 유명한 작가였다. 며칠 전에는 그의 생일잔치가 사람들의 관심 속에서 성대하게 열렸다. 그는 예정된 강연이 있었으며 논설들을 집필하고 중요한 서신에 답해야 했다. 장편 소설 한 권도 마무리해야 했으며, 손님을 접대하고, 인터뷰에도 응해야 했다. 국제 정치 상황도 그를 걱정스럽게 했으니, 막 한국 전쟁이 발발했고, 그가 망명해서 살고 있는 나라인 미국의 상황도 악화되고 있었다. 또한 당시 그의 아내는 위험한 수술을 앞두고 있었고, 딸은 우울증으로 모르핀에 의지하고 있었다. 자신 역시 중이염에서 불면증에 이르기까지 온갖 사소한 어려움을 겪고 있었다. 간단히 말해 그는 나이를 감안할 때, 이미 초월해 있을 것 같은 에로틱한 일탈 이외의 모든 걱정과 근심에 시달리고 있었다.

하지만 그게 아니었다. 어느 날 오후 티타임에 그는 호텔 정원에서 열아홉 살짜리 남자 종업원의 시중을 받게 되었다. 종업원은 갈색 곱슬머리에 갈색 눈동자, 가냘픈 손, 두꺼운 목덜미를 하고 있었으며 앞모습은 그런대로 괜찮은데 옆모습은 별 볼일 없는 평범한 청년이었다. 프란츨이라는 이름의 그 청년은 테게른제 호수 근방의 작은 하숙집 아들로, 〈돌더 호텔〉에서 기초 실습을 받는 중이었다. 40년 후에는 뉴욕에서 연회장 매니저로 경력을 마감하게 되는 그 남자는 자신의 얼굴, 자신의 시선, 자신의 〈가늘고 부드러운〉 바이에른 사투리가 섞인 말투가 노년의 작가에게 어떤 영향을 주게 될지 상상도 할 수 없었을 것이다. 그 영향력은 정말 엄청난 것이었다. 노작가는 자신의 일기에 이렇게 썼다. 〈한 인간에 매혹당해 그를 얻으려고, 또 그의 사랑을 얻으려고 노력하는 일이 다시 한번 내 인생에 일어났다. 이런 일은 스물다섯 살 이후로 한 번도 경험하지 못했던 일이다.〉 이제 세계적 명성 따위는 그에게 아무런 의미가 없어졌다. 병든 아내에 대한 걱정 역시 갑자기 뒤로 밀려나 버렸다. 세계 정치나 한국 전쟁 같은 것은 더 이상 아무래도 상관없는 일이 되었다. 이제 그에게 가장 중요한 관심사는 과연 식사 시간에 이탈리아인 총지배인이 시중을 들 것인가, 아니면 프란츨이 시중을 들 것인가 하는 점이었다. 또한 과연 그 종업원과 몇 마디 말을 나눌 수 있을 것인가, 그에게 담뱃불을 붙이는 서비스를 받을 수 있을 것인가, 혹은 그에게 〈어제 서비스가 너무 좋았다〉고 말하면서 5프랑의 팁을 주고 그 답례로 그의 부드러운 미소를 감사 인사로 받을 수 있을 것인가가 중요해진 것이다. 두 사람 사이에는 그 이상 아무 일도 없었다. 하지만 새벽부터 한밤중까지, 심지어 꿈속에서도 대문호의 생각은 오로지 그 청년에게만 집중되었다. 그는 〈사랑스러운 그 청년〉을 플라톤적인 의미로 자신을 〈흥분시키는 아이〉 혹은 〈유혹하는 아이〉라고 불렀다. 심지어 한밤중에도 그 청년에 대한 생각으로 잠에서 깨어났고 그럴 때면 그 생각에서 벗어나고자 애를 썼다. 그는 자부심과 수치심을 동시에 느끼며 그 청년에

의 〈강력한 사로잡힘과 벗어남〉에 대해 기록하였다. 그는 점점 더 신경이 예민해지고 정신이 산란해졌기 때문에 더 이상 글을 쓸 수도 없었다. 게다가 불면증 때문에 진정제를 먹어야만 했다. 마음을 달래기 위해 아도르노[23]의 글도 읽어 보았으나 아무런 도움이 되지 않았다. 자신을 흥분시키는 〈그 청년을 얻지 못하는 데서 오는 슬픔, 고통, 사랑, 신경 쇠약, 끝없이 이어지는 악몽, 산만함 그리고 괴로움이 다른 모든 것을 압도했기 때문〉이다.

그러는 사이에 대문호의 아내가 기력을 회복했고, 그들은 엥가딘에서 몇 주 더 요양하기 위해 〈돌더 호텔〉을 떠나게 된다. 하지만 가슴 깊이 에로스의 화살이 박힌 노작가는 그 젊은 종업원을 잊지 못했다. 작가는 일기에 그 청년을 얻지 못하는 데서 오는 고통이 〈점점 깊어지고 강해져서 나의 인생과 사랑 모두에서 슬픔을 느꼈다. 성스러운 그 청년에 대한 연모의 감정을 더 이상 참을 수가 없어서 차라리 죽었으면 하고 바랐다〉고 썼다. 그는 이런 상태에서 벗어나기 위해 머무르던 호텔 창문으로 보이는 다른 젊은 사람들에게 관심을 돌리려고 했다. 그는 〈헤르메스의 다리〉라고 불렀던 젊은 테니스 선수에게 관심을 쏟아 보았으나 아무 소용이 없었다. 더 이상 도피할 곳이 없어진 그는 종업원 프란츨의 편지를 기다렸다. 사실 노작가는 앞으로 직업을 얻는 데 도움이 될 수도 있을 것이라는 구실을 붙여 그에게 자신의 주소를 남겨

---

23 Theodor Wiesengrund Adorno(1903~1969). 독일의 사회 철학자이자 프랑크푸르트학파의 대표적인 이론가.

놓았던 것이다. 그리고 마침내 편지가 도착했다. 편지는 지극히 단순하고 상투적인 감사 인사만을 담고 있었다. 하지만 〈약간의 문법적 오류가 있는〉 그 편지, 〈선생님께서 저를 기억해 주셨다니 정말 기쁩니다〉라는 것에서 진부함의 절정을 이루고 있는 그 보잘것없는 편지는, 세계적인 대문호이자 가장 위대한 독일어 문체의 거장으로 인정받고 있는 노작가를 크게 감동시켰을 뿐만 아니라 행복하게 만들어 주었다. 편지는 그에게 〈지속적인 기쁨〉을 안겨 주었다. 그는 마치 귀중한 유물이라도 되는 듯 편지를 소중하게 간직했다. 편지 문구 중에서도 특히 마음에 들었던 문장은 〈저는 정말로 기쁩니다〉라는 것으로, 이 문장은 다음 몇 달간, 즉 그가 다시 미국에 돌아간 후까지도 그의 삶에 활기를 불어넣었다. 아무런 목적도 아무런 예감도 없이 편지를 보낸 그 청년을 작가는 죽을 때까지 잊지 못했다. 그는 〈그 젊은이는 미술관으로 옮겨졌다〉고 썼다. 이 말은 청년이 이제 작가의 상상 속 판테온 신전에 들어갔다는 뜻이다. 작가의 판테온 신전에는 일생을 통해 작가의 마음을 사로잡았던 다른 네 명의 젊은이들이 자리하고 있었다. 작가는 자신에게 기쁨과 행복을 주었던, 마음의 빚을 지고 있는 그들 모두에게 각기 나름대로의 방식으로 작품 속에서 혹은 작품을 통해 하나씩 기념물을 바쳤다.

그 종업원 역시 이 같은 기념물을 가지게 되었다. 좀 더 자세히 말하면, 그는 노작가의 마지막 작품에서 예술적 자극을 주는 사람으로 구현되었다. 어쨌든 그 청년은 작가에게 가장 마지막으로 성적 자극을 주는 사람으로 남았다. 그리고 1년 후 노작가는 슬프게도 자신이 더 이상 정상적인 자위행위를 할 수 없다는 사실, 그와 더불어 이제 그의 성생활은 끝났다는 것을 깨닫는다. 이제 작가는 마지막으로 자신의 연인인 그 청년에 대한 꿈을 꾸고, 꿈속에서 그와 작별의 키스를 나눈다. 현실의 삶에서는 결코 시도한 적 없는 키스, 그리고 실제로 하지도 않았던 마지막 키스를.

이 세 가지 사례는 사랑과 연모에 대한 플라톤의 분류를 다양한 방식으로 입증해 보인다. 아마 플라톤이라면 오펠 오메가 자동차를 타고 있던 젊은 연인의 사랑을 동물적 사랑으로 분류했을 것이다. 그들이 사랑을 나누는 장소는 매춘부의 집이지 결코 아프로디테의 사원이 될 수 없다. 만찬에 초대된 기이한 한 쌍의 부부는 완전한 착각 속에서 고갈되어 가는 에로스의 사례가 아닐까 싶다. 그 두 가지 사례에 비해 남자 종업원에 대한 노작가의 사랑은 여러 가지 점에서 에로스의 본질을 충족시키고 있는 것으로 보인다. 그 사랑에는 도취가 있고, 사랑하는 사람의 아름다움 속에서 성스러움을 보고 있으며, 뭔가 창조적인 것을 향해 나아가고 있다. 그 사랑은 불멸성을 추구하고 있고, 또 실제로 작가의 작품을 통해 불멸에 도달한다. 그럼에도 불구하고 우리는 다른 한편으로 〈이건 아닌데〉 하는 생각을 하게 된다. 그들의 사랑에는 뭔가 본질적인 것이 빠져 있는 것 같다는 생각을…… 여전히 애매하고 정의 내리기 어렵기는 하지만, 사랑이라는 말을 생각할 때 딱 떠오르는 뭔가가 거기에는 빠져 있는 것이다. 그 사랑이 동성애적인 것이기 때문은 아니다. 프란츨이라는 그 남자는 작가가 다른 사람을 선택했다면 프란치스카[24]였을 수도 있다(노년의 괴테는 울리케라는 여자를 사랑했다). 그것 때문이 아니라 작가의 완전한 일방성과 의식적인 포기 때문이다. 포기한다는 것은 사랑의 정반대 행위라는 것을 그는 잘 알고 있다. 사랑을 포기하려는 시도는 포기의 성공 여부에 관계없이 그 사랑이 사소한 것, 아무것도 아닌 것이라는 사실을 입증해 주는 것이다. (프란츨이라는 남자는 알키비아데스[25]는 아니다.) 한 가지 더 중요한 점은 실제로 그에게 유일한 관심사에 있어서 그 자신이나 그의 작품은 아무런 소용이 없었다는 사실이다. 현실에서는 도저히 이루어질 수 없는 사랑을 위해 작가는 너무나 빨리, 그리고 의도적으로 사랑을 도구화하기로 결심한다. 비록 그것이 자기애적 행위일 뿐만 아니라 사랑의 승화로 이어지는 행위이기는 하지만, 결과적으로 작가는 자신에게 찾아온 일생일대의 에로스를 단지 자신의 다른 열정에 날개를 달아 주기 위해서 포기를 한 것이 아닐까 하는 의혹이 생긴다. 이 의혹에 대해서는 비록 노작가가 우리에게 에로스를 테마로 한 독일 작품들 중 가장 큰 감동을 주는 작품의 작가라고 해도 이의를 제기하지 못할 것이다. 비록 마법사가 토끼 잡는 법을 가장 아름답게 연출할 수 있다고 해도 토끼 잡는 법을 마법사로부터 가장 잘 배울 수 있는 것은 아닌 것처럼, 노작가와 종업원의 이야기로

24 프란츨에 대응하는 여성의 이름.
25 소크라테스의 제자이자 연인.

부터 사랑의 본질을 가장 잘 배우는 것은 아니다.

그런데도 우리는 다른 두 사례에서와 마찬가지로 사랑에 빠지게 되면 누구나 어느 정도 멍청해진다는 사실을 다시 한 번 확인할 수 있다. 이것을 확인하려면 자신이 쓴 연애편지를 한 20~30년쯤 지난 후에 다시 읽어 보라. 기록으로 남아 있는 그 멍청함, 치기, 우월감, 그리고 맹목적인 사랑을 보고 얼굴이 빨개지지 않을 사람이 없을 것이다. 또한 내용은 얼마나 유치하고, 문체는 또 얼마나 격정적인가. 평균 이상의 지적인 사람조차 그런 상태에서는 다른 사람들과 똑같이 어리석은 짓을 하고, 어리석은 생각을 하고, 어리석은 내용을 써 내려간다는 사실이 이해되지 않을 것이다. 좀 더 너그러운 시각에서 말한다면, 순진무구해서 그런 것이라고 할 수도 있다. 또한 그것에서 오히려 공감과 감동을 받을 수도 있다. 하지만 대부분의 경우 그런 행동은 사랑이 사람을 얼마나 멍청하게 만들 수 있는지를 입증해 줄 뿐이다. 사랑에 빠진 사람과는 합리적인 토론이 불가능하다는 사실을 누구나 알고 있다. 그 사람의 사랑에 대한 이야기는 두말할 필요도 없다. 좋은 의도로 하는 충고들, 저항할 수 없는 논증들, 분명하고 진실한 언급들이 얼마나 커다란 저항을 불러일으키는지 알지 않는가. 〈그럼에도 불구하고 난 그녀를 (혹은 그 남자를) 사랑해요!〉라는 반응 말이다. 더 나쁜 경우에는 그것을 질투로 인한 적대적 행위로 받아들여서, 똑같은 보복을 하기도 한다. 그렇게 되면 수년간 지속된 우정과 진정한 관계들이 깨지고 만다. 하지만 사랑에 빠진 사람한테 그런 일쯤은 아무엇도 아니다. 그들은 연인에 대한 사랑 이외에는 모든 것을 포기할 준비가 되어 있다. 있을 수 있는 모든 일들은 그녀에 대한 사랑 앞에 무릎을 꿇어야만 한다. 사랑하는 사람을 바라보는 남자의 눈길은 텅 비어 있다. 더 정확하게 말하면 오로지 사랑하는 사람에게만 몰두하고 있다. 한때 그들이 가지고 있던 재치, 지성, 활기, 호기심, 그리고 신중함은 사라져 버렸다. 성스러운 뭔가를 보고 있다고 확신하고 있는 죽은 자의 시선처럼 그들에게 남아 있는 것은 멍청한 표정 하나뿐이다. 사랑 때문에 이토록 멍청해지는 현상은 결코 성적 유희에만 국한되는 것이 아니다. 잘못된 길로 빠진 아이들에 대한 부모들의 맹목적 사랑에서도 그것을 종종 발견할 수 있다. 하늘에 계신 하느님께 보내는 수녀들의 성스러운 사랑에서도 그 점을 확인할 수 있다. 조국에 대한 노예들의 숭배나 훌륭한 지도자에 대한 맹목적 추종은 두말할 나위도 없다. 사랑은 언제나 이성의 상실, 자포자기, 그로 인한 미성숙함이라는 대가를 치러야만 하는 것이다. 그렇기 때문에 사랑은 잘해야 우스꽝스러운 코미디가 되는 것이고, 최악의 경우에는 세계 정치사의 대재앙이 되는 것이다.

사랑은 상호성에 토대를 두고 있다는 사실을 우리는 사랑에 빠진 연인들에게서 확인할 수 있다. 상호적인 사랑은 가까운 주변 환경이나 주변 세계에 별로 위험하지 않다. 왜냐하면 사랑에 빠진 대부분의 연인들은 스스로를 중성화시켜서 인간적으로나 윤리적으로 철저히 불쌍한 존재가 되기 때문이다. 사랑에 빠진 한 쌍의 연인은 자주 사회적으로는 이

방인이 되는 경향이 있다. 만찬에 초대된 한 쌍의 부부를 생각해 보라. 두 가지 점에서 그들은 세상에서 벗어나 있다. 우선 그들의 관심은 오로지 상대방에게만 쏠려 있고, 자신들에게 자족하고 있기 때문에 주변의 모든 것을 잊고 있다는 점에서 그렇다. 또한 그들은 자신들만이 알 수 있는 격정적인 감정에 빠져 있기 때문에 세상을 무시하는 것은 물론, 자신들처럼 에로스의 성스러운 광기에 사로잡혀 있지 않은 사람들을 한심하다며 무시한다는 점이다. 그렇기 때문에 그들은 멍청한 사람들에게 상스러운 손가락질을 할 수가 있는 것이다.

사랑에 대한 이 모든 언급은 기이하고 당황스럽다. 왜냐하면 그럼에도 불구하고 사람들은 사랑은 인간이 줄 수 있고, 인간에게 일어날 수 있는 가장 좋은 것이자 가장 아름다운 것이라는 사실을 인정하고 있기 때문이다. 또한 사랑은 그럼에도 불구하고 인간이 실행할 수 있는 가장 위대한 것, 가장 고귀한 것을 할 수 있도록 만들어 주기 때문이다. 이 난제를 과연 어떻게 해결할 수 있을까? 도대체 어떻게 우리를 멍청하게 만들고 잠재적으로 야만적으로 만드는 감정을 가장 커다란 행복으로 느끼고 또 그렇게 표현할 수 있단 말인가? 그렇다면 사랑이란 결국 일종의 병이 아닌가? 그것도 가장 아름다운 병이 아니라 이 세상에 존재하는 것 중 가장 끔찍한 병. 아니면, 혹시 사랑은 독이 아닐까? 양이 얼마냐에 따라 가장 큰 축복이 되기도 하고 재앙이 되기도 하는 그런 독 말이다. 도와주소서, 소크라테스여, 도와주소서!

소크라테스에 따르면 인간의 영혼은 단일한 하나의 존재가 아니라 세 부분으로 구성되어 있다. 소크라테스는 인간의 영혼을 마차를 끄는 한 무리의 말들에 비유하였다. 고대 로마의 전차 같은 것을 상상하면 될 것이다. 두 마리 말과 마차를 끄는 한 사람의 전사로 이루어진 전차 말이다. 전차의 방향을 제대로 잡고 앞으로 나가는 것은 그 자체로 벌써 예술의 경지라고 할 수 있다. 그런데 고귀한 성품의 고분고분하고 온순한 말과 심성이 나쁘고 거칠고 고집이 센 다른 말이 함께 이끄는 영혼의 마차의 경우에는 목이 부러질 만큼 위험한 모험이 되기도 한다. 셋으로 구성된 영혼이 에로스의 영향으로 사랑을 하기 시작하면, 즉 사랑하는 사람을 발견하게 되면, 다음 순간 성질이 똑같지 않은 말들은 완전히 제멋대로 움직이기 시작한다. 일단 성질 나쁜 말은 용맹무쌍한 전사처럼 앞으로 뛰쳐나갈 것이다. 그러면 마부는 말의 옆구리가 아파지고 주둥이에서 피가 흐를 때까지 자주, 그리고 오랫동안 채찍을 휘두르고 고삐를 잡아당긴다. 그 결과 드디어 말은 마부의 뜻에 따라 얌전한 짐수레 말처럼 소심하고 겸손하게 사랑하는 연인에게 다가선다. 이 순간 그는 드디어 사랑하는 사람에게 완전히 사로잡힌 것이다. 이제 그에 대한 보답으로 상호 교류적인 사랑이 싹튼다. 서로의 육체에 대한 애무가 이루어지고, 입맞춤이 이어지며, 결국에는 함께 침대에 드러눕게 되는 것이다. 이것을 소크라테스는 〈침대에 함께 누운 사랑하는 연인의 고삐 풀린 말들은 이제 연인의 마부에게 모든 것을 맡긴 채 쓸데없는 고생 대신에 작은 만족을 요구한다〉고 말했다. 플라톤은 소크라테스의 이 말을 또 글로 남겼다.

플라톤에 의하면 영혼은 영원불멸한 것이다. 이는 모든 영혼에 다 해당되는 말이다. 마부가 힘이 약해서 에로스가 거의 영향을 미치지 못하는, 성격 나쁜 말이 주도권을 쥐고 있는 영혼의 경우에도 마찬가지이다. 물론 그런 경우에는 에로스를 포기할 수 있다고 믿는 다른 영혼들의 경우와 마찬가지로 에로스가 그들에게 날개를 달아 주지 않는다. 그러면 그 영혼들은 죽은 후에 모두 저승 세계에 갇힌 채 천년 세월을 참회로 보내게 된다. 하지만 다른 영혼들, 사실 그런 영혼은 별로 많지 않은데, 마부가 강하고 신중하게 나쁜 말에게 주도권을 넘기지 않았을 뿐 아니라 사랑을 회피하지 않고 추구했으며, 그 사랑을 눈에 담아 두었던 영혼들의 경우에는 죽음 이후에 에로스가 그들에게 날개를 달아 준다. 그러면 그들은 날개를 퍼덕이며 빛 속에서 신들이 살고 있는 세계로 날아 올라가는 것이다.

참으로 아름다운 비유이다. 그런데 이 비유는 뜻밖에도 사랑의 테마에서 죽음의 테마로 우리를 이끌어 간다.

죽음이 과연 테마인가? 죽음은 테마가 될 수 없지 않은가? 사랑에 대해 그토록 많은 언급이 있는 것과는 반대로 죽음에 대해서는 거의 언급이 없다. 죽음은 우리의 말문을 막아 버린다. 물론 일찍이, 행복했던 고대 시대와 태고 시대에는 사정이 달랐다고 한다. 그 시절에는 죽음에 대한 이야기가 많았고, 죽음과의 교류가 가능했으며, 죽음은 사회의 일이자 가족의 일이었으며, 사람들은 죽음과의 약속을 회피하지 않았고, 비록 좋은 친구는 아니었지만 사람들은 죽음과 친구처럼 지냈다고 말이다. 그러던 것이 지난 2백 년 동안 사정이 완전히 바뀌어 버렸다. 죽음은 말이 없어진 것이다. 죽음은 우리에게 침묵을 제공했고, 우리는 기꺼이 죽음에 대해 침묵했다. 한마디로 우리는 죽음을 죽은 것으로 치부한 것이다. 하지만 물론 죽음은 죽지 않았다. 왜냐하면 우리는 죽음에 대해 아무것도 모르고 있기 때문이다. 알다시피 아무것도 모른다는 것은 입을 다물어야 할 최소한의 이유가 된다. 그러니까 우리가 죽음에 대해 침묵하는 이유는 단순히 죽음이 영원히 부인하는 자, 유희를 망치는 자, 결코 아무것도 함께하고 싶지 않을 정도로 꼬투리만 잡는 트집쟁이이기 때문만은 아니다.

그런데 도대체 어떻게 누구의 동정도 얻지 못하는 이 어두운 존재가 광기에 빠졌으나 한편 삶에 활기와 쾌락을 제공하는 에로스와 결합될 수가 있는가? 그것도 단순히 대립적 존재로서 뿐만 아니라 — 적어도 그런 경우는 논리적으로 이해할 수 있다 — 동료로서 관계를 맺는 것이 가능하단 말인가? 게다가 이 동료 관계의 시작이 어떻게 타나토스[26]로부터 나오는 것이 아니라 (그러기에 그 바보는 너무 게으르고 자기만족적이다) 〈유혹하는 자〉이자 〈자극하는 자〉이며, 소위 모든 창조적 자극의 시작이라고 하는 에로스 자체로부터

26 그리스 신화에서 죽음을 의인화한 신으로 에로스에 대립함.

나올 수 있는가?

오스카 와일드의 글에서 아름다운 공주 살로메는 자신을 쳐다보지도 못할 정도로 겁이 많은 어떤 종교적 광신자를 사랑하게 된다. 그런데 그녀의 사랑은 너무나 맹목적이다. 남자가 자신을 거절하자 그녀는 남자의 목숨을 걸고 모험을 한다. 즉 자신의 사랑을 거절한 남자의 목을 잘라 버리게 하는 것이다. 그녀는 이미 죽어 버린, 피가 뚝뚝 흐르는 남자의 입술에 행복의 입맞춤을 함으로써 우리에게 사랑의 힘이 죽음의 힘보다 크다는 것을 입증해 준다. 하지만 이에 대해 이의를 제기할 수도 있다. 〈도대체 살로메가 누구인가? 기껏해야 열두 살 내지 열네 살밖에 안 된 아무것도 모르는 철부지가 아닌가? 그녀가 사랑에 대해 아는 게 얼마나 있겠는가? 게다가 죽음에 대해서는 전혀 아무것도 모르지 않는가?〉 그렇다, 맞는 말이다. 하지만 이미 앞에서 살펴보았듯이, 사랑과 죽음에 대해 매우 잘 이해하고 있고, 분별력이 뛰어난 대문호 역시 자신의 작품 속에서 사랑과 죽음을 함께 다루었다. 또한 자신의 삶에서도 그러했다. 사랑에 푹 빠진 상태에서 그는 이미 인용한 것처럼 〈차라리 죽었으면 하고 바랐다〉. 그는 자신의 일기에 다음과 같이 기록했다. 〈너, 유혹하는 자여, 영원 속에서 잘 살아가기 바란다. 나는 아직 좀 더 살고 싶다. 좀 더 뭔가를 하고 싶고, 그 이후에 죽고 싶다. 그러니 너, 너는 더 깊은 너의 길을 가며 성숙해지기를 바란다. 그래서 언젠가 파악할 수 없는 삶의 의미에 도달하기를, 사랑 속에서 인정받는 삶을 살기를 바란다.〉 하지만 노작가의 경우처럼 이별의 순간, 포기의 순간, 삶의 고통의 순간에만 타나토스와 에로스가 하나가 되는 것은 아니다. 무척 흥분을 잘 하고 혼란스러운 사람이긴 했지만 이 문제에 대해서만은 완벽한 전문가로 인정받고 있는 스탕달이 말했듯이, 일반적으로는 사랑을 하게 되면 죽음에 대해 무관심한 태도를 취하게 된다. 스탕달은 다음과 같이 썼다. 〈진정한 사랑은 자주, 쉽게, 또 겁 없이 죽음을 떠올린다. 죽음을 쉽게 비교의 대상으로 삼고, 죽음을 얻으려면 도대체 얼마의 대가를 치러야 하는지를 계산하는 것이다.〉

이해할 수 있는 말이다. 죽음에 대한 사람들의 태도는 보통 다음 두 가지로 나뉜다. 하나는 죽음을 참을 수 없는 사랑의 고통에서 벗어나게 해주는 유일한 해방구로 이해하는 것이고, 또 하나의 태도는 신사라면 에로틱한 사랑을 추구할 때 덤으로 죽음이라는 모험을 시도해야 한다고 믿는 것이다. 그래서 시간과 장소가 적절하면 칼이나 총을 집어 드는 경우 말이다. 두 가지 태도 모두 바람직하거나 따라할 만한 가치가 있는 것 같지는 않다. 전자나 후자 모두 에로틱한 충동으로 인해 정상을 벗어난 지극히 한심한 행동으로 보인다. 그것은 에로틱한 충동에서 생겨나는 도취적이고 병리적인 현상들 중 하나이다. 하지만 이미 말했듯이, 이해할 수 있는 일이다. 사랑의 괴로움으로 인해 자살하거나 사랑을 위해 목숨을 끊는 사람들의 마음속을 들여다볼 수가 있다는 뜻이다. 만일 그렇지 않다면 우린 『젊은 베르테르의 슬픔』이나 『안

나 카레니나』, 『보바리 부인』이나 『에피 브리스트』[27]를 아무 감동 없이 읽었을 것이다. 하지만 곧 공감이 안 되는 지점, 더 이상 이해할 수 없는 지점, 그리고 진짜 거부감이 스멀스멀 밀려오는 순간이 온다. 마치 타나토스와 함께 녹아 버리려는 듯이 에로스가 타나토스를 너무나 격렬하게 끌어안는 순간, 사랑의 가장 고귀한 완성을 죽음 속에서 찾으려는 순간이 바로 그런 거부감이 생기는 때이다.

사랑과 죽음의 이런 불행한 결합은 — 필리프 아리에스[28]의 『죽음 앞에 선 인간』에도 쓰여 있듯이 — 이미 16세기 초, 처음으로 조형 예술에서 중세의 어둡고 순결한 죽음의 무도(舞蹈)를 충만한 에로틱의 무도로 변화시켰을 때에 시작되었다. 그 후 그러한 현상은 죽음에 대한 애호로 나타났고 — 아직 사드가 나타나기 이전인데 — 문학에서는 사디즘적인 특징으로 이어진다. 비참하게도 성기능을 상실한 사람의 발기에 대한 신화가 생겨난다. 프랑스어 〈작은 죽음petite mort〉이라는 말은 오르가슴의 동의어로 사용된다. 근본적으로는 이율배반적인 의미를 가지고 있는 이 말은 처음 들을 때 독창적이고 달콤하게 들린다. 하지만 두 번째 들으면 정말로 기분이 불쾌해진다. 그리고 결국에는 부패할 대로 부패하고 성숙할 대로 성숙한 19세기에 이르러서는 죽음에 대한

27 테오도르 폰타네Theodor Fontane(1819~1898)가 쓴 동명 소설의 주인공. 앞서의 작중 인물들과 마찬가지로 사랑과 그로 인해 파멸에 이르는 인물의 전형.
28 Philippe Ariès(1914~1984). 죽음을 둘러싼 인간의 심리를 집중적으로 연구한 프랑스의 철학자.

사랑, 에로틱함 속에서 이루어지는 정사(情死)에서 그 절정에 이른다. 노발리스의 「밤의 찬가」는 죽음에 대한 몽환적인 사랑의 시에 다름 아니다. 그리고 낭만주의의 다른 한쪽 끝에는 보들레르의 『악의 꽃』이 사실주의적이면서도 기이한 방식으로 그 날카로운 매독의 냄새를 풍기고 있다. 아나톨 프랑스는 〈그에게서는 시체 냄새가 난다. 마치 아프로디테의 향수처럼〉이라고 쓰고 있다.

클라이스트[29]는 자신의 마지막 편지들에서 분명히 자살을 염두에 두고 삶의 기쁨과 에로틱한 유혹을 기록하고 있다. 그는 여러 달 동안 자신과 함께 죽어 줄 여자를 찾아다닌 끝에 마침내 한 여자를 발견한다. 그 여자는 하급 관리의 아내였는데, 병든 데다가 가난에 시달리고 있었으며 죽음을 너무나 기쁘게 받아들일 정도로 멍청한 면도 있었다. 그 여자의 삶은 상상할 수 없을 정도로 평범했고 아무런 기쁨도 없이 냉혹했으며 또한 종교적으로 의지할 데가 없었다. 차라리 그런 삶은 죽음에서 그 절정에 도달했다고 볼 수도 있을 정도였다! 그녀는 클라이스트에게 기꺼이 그렇게 하겠다는 약속의 쪽지를 써주었고, 클라이스트 역시 그에 대한 보답으로 독일어로 쓴 편지 중 가장 아름다운 사랑의 편지를 써준다. 그는 아침저녁으로 신에게 무릎을 꿇고 인간이 영위하는 삶 중에서 〈최고로 고통스러운 삶〉을 자신에게 준 것에 감사드

---

29 Bernd Heinrich Wilhelm von Kleist(1777~1811). 독일의 극작가이자 소설가로 객관적이고 사실적인 작풍을 지녀 근대 사실주의의 선구자가 되었다.

린다. 〈왜냐하면 신이 모든 죽음 중에서 가장 고귀하고 가장 행복한 죽음으로 그것을 보상해 줄 것이기 때문이었다.〉 그는 사촌 누이, 그때까지 가장 좋아하는 여자였던 사촌 누이에게 자살 예정일 8일 전에 일종의 사과 편지를 보낸다. 편지에서 그는 자신이 이제 다른 여자, 즉 하급 관리의 아내를 만났고, 그녀를 더 사랑하게 된 것에 대해 양해를 구하고 있다. 〈만약 그 여자가 나와 함께 사는 것 말고는 나한테 아무 것도 원하지 않았더라도, 나는 결코 그녀를 당신과 바꿀 생각이 없다고 말한다면 당신에게 좀 위로가 될까요?〉 하지만 정말 유감스럽게도 사촌 누이는 함께 죽자는 클라이스트의 요청을 여러 번 거절했었다. 그에 비해서 다른 여자, 그 〈성스러운 여인〉은 그럴 준비가 되어 있었고, 그 점이 그를 〈설명할 수 없고 저항할 수 없는 강력한 힘으로 그 여자 쪽으로 이끌었던〉 것이다. 한 번도 느껴 보지 못했던 행복감이 그를 사로잡았다. 그는 사촌 누이에게 이렇게 썼다. 〈그래서 나에게는 그녀의 무덤이 이 세상 모든 왕비들의 침실보다 더 좋다는 사실을 부인하지 못하겠소.〉 그리고 그는 한마디 짧은 인사말도 빠뜨리지 않고 덧붙였다. 그는 〈소중한 연인〉인 사촌 누이에게 신이 그녀를 빨리 불러 가시기를 바란다고 썼다. 〈더 좋은 세상, 우리 모두가 천사의 사랑으로 서로를 가슴으로 안을 수 있는 그 세상으로 가기를 바라오. 안녕.〉

사람들은 이 모든 것을 괴테 탓으로 돌렸다. 괴테는 그의 천재성을 결코 부인하지 않았다. 클라이스트는 괴테를 언제나 〈전율과 혐오〉에 떨게 만들었다. 〈그런데 그것 말고 또 뭐가 있단 말인가?〉 사람들은 〈혐오〉라는 말은 단어 자체의 의미로는 경멸감이 전혀 포함되어 있지 않으며, 오히려 본능에 굴복하는 것이자 자기 자신의 본성으로부터 거리감을 둔다는 것을 뜻한다는 점에 동의한다. 그런 태도는 충분히 이해할 만하다. 특히 자기 자신의 본성이 그 두려운 것과 혐오스러운 것을 완전히 거부하는 것이 아닐 때는 더욱 그러하다. 확실히 베르테르의 자살은 클라이스트의 자살과는 범주가 다르다. 베르테르의 자살은 그 자신이 직접 말했듯이 연인과 함께할 수 있는 삶이 불가능해지자 연인을 위해서 저지른 일이다. 적어도 그 자신은 그렇게 믿고 있다. 그에 비해 클라이스트는 일생 동안 늘 자살을 꿈꾸었다. 그는 연인과 함께 하는 자살이야말로 가장 위대한 친밀감의 표현이자 상대에 대한 정조의 표현이라고 믿었기 때문에 결국 자살을 실행에 옮겼다. 오늘날 흔히 말하듯이, 에로틱한 자극의 절정인 죽음을 스스로 경험해 보기로 약속했기 때문이다. 그럼에도 불구하고 (시로 표현된) 로테에게 보낸 베르테르의 이별 편지와 사촌 누이와 여동생에게 보낸 클라이스트의 마지막 편지들, 그 자체로 사실 통고 정도가 아니라 최고 수준의 시라고 할 수 있는 그 편지들 사이에는 유사성이 있다. 완벽한 계획 수립에서부터 실천에 이르기까지 이루어진 그들의 모든 행동과 그것에 대한 문학적인 기록 그리고 그 글을 읽을 사람에게 미칠 영향에 대한 신중한 고려 등에는 뭔가 가공할 만한 무엇이 들어 있다. 감히 실례를 무릅쓰고 말한다면, 그 편지들은 클라이스트의 가장 위대한 작품이라고도 말할 수 있을 정도이다.

어쨌든 베르테르는 〈우리 세 사람 중 한 사람은 떠나야 하기 때문에〉, 로테의 남편 알베르트나 로테 대신 직접 〈자신이 죽기 위해 미친 듯이 헤매 다녔다고〉 마음으로 고백한다. 물론 그는 그녀에게 함께 죽자는 제안을 하지는 않지만 분명히 인식하고 있다. 자신의 죽음을 통해 그녀가 이제 영원히 자신의 것이 된다는 것을. 자신은 단지 그녀를 조금 앞서 가는 것이고, 다른 세상에서 그녀가 올 때까지 기다리면 된다는 것을. 그러고 나서 그는 그녀에게 편지를 쓴다. 〈나 당신을 향해 날아가 당신을 붙잡을 것이오. 그리고 당신을 포옹하여 영원히 당신 옆에 머물겠소.〉 이런 표현은 클라이스트의 자살에서 나타나는 에로틱함과 그다지 거리가 멀지 않다.

중년의 괴테는 별로 그것을 상기하고 싶어 하지 않았다. 비록 『젊은 베르테르의 슬픔』이 그에게 명성을 안겨 주기는 했지만, 그는 그것을 지나간 일로 치부했다. 그리고 베르테르를 따르는 추종자들은 멍청하기 짝이 없는 몽상가들이자 본성이 유약한 젊은이들이기 때문에 바보 같은 죽음 이외에는 아무것도 받을 자격이 없는 사람들이라고 했다. 그러니 유약함과는 거리가 먼 클라이스트의 자살이 괴테를 얼마나 당혹하게 만들었을지는 분명하다. 또한 괴테가 클라이스트 본인뿐만 아니라 그의 작품 전체를 야만적인 것으로 거부하고 있는 게 아닌가 하는 의심이 드는 것도 사실이다. 왜냐하면 클라이스트가 받아들인 유혹, 아무 거리낌 없이 받아들인 그 유혹들은 사실 괴테 자신에게도 완전히 낯선 것이 아니었기 때문이다.

이 사건이 일어난 지 수년 후에 — 클라이스트는 벌써 오래전에 땅속에 묻혔다 — 괴테는 자신의 가장 유명한 시들 중 한 편을 쓴다. 그 시는 1817년에 〈완성〉이라는 제목으로, 여성들을 위한 포켓판 책자로 출판되었고, 나중에는 〈행복한 동경〉이라는 제목으로 『서동시집』에 수록되었다. 운율이 교차되는 다섯 개의 연으로 구성된 사행시의 첫 두 줄만 읽어 봐도 그것이 보통 독자들을 위한 것이 아니라, 특별한 방식으로 생각하는 사람을 위한 것이라는 사실을 금방 알 수 있다. 그 시는 곧장 그 점을 드러낸다.

나 살아 있는 그 존재를 찬양하리,
불꽃같은 죽음을 동경하는 그런 존재를.

이어서 그는 하나의 장면, 일생 동안 자신을 유혹했던 장면, 저항할 수 없는 환한 빛을 따라 죽음 속으로 뛰어드는 나비의 모습을 은유적으로 형상화한다. 어둡고 편안한 이 은유는 지극히 에로틱한 특성을 보인다.

사랑의 밤들의 서늘함 속에서,
당신의 증인이었고, 이제 당신 자신이 증인이 된 그 속에서,
촛불이 고요히 타오를 때,

낯선 느낌이 당신을 사로잡네.

이제 더 이상 당신은
어둠 속 그늘에 싸여 있지 않네,
새로운 욕망이 당신을 사로잡네,
더 높은 곳에서의 성교라는 욕망이.

그곳이 아무리 먼 곳이라도 당신은 두렵지 않네,
당신은 황홀경에 빠져 훨훨 날아오르네,
그리고 빛을 열망하는 당신,
이제 당신은 드디어 나비로 불타오르네.

이제 마지막 연은 저자가 한 애초의 경고에도 불구하고
아주 통속적인 것이 되어 버렸고, 그 결과 앞에서 인용된 글
들과 연관을 맺고 아래와 같은 판결을 내린다.

하지만 그리 오래 지속되지는 못하네,
그렇다. 죽으면 그리 되리라!
이 어두운 지상에서는
당신은 단지 우울한 손님일 뿐.

괴테는 몇몇 시의 출간과 관련해서는 지극히 소극적인 태
도를 취했다. 그는 그 시들을 무슨 귀중한 보물인 양 서랍 속
에 감춰 두었고, 찾는 사람들이 있을 때에만 꺼내서 보여 주
었다. 베니스풍의 소네트들, 로마풍의 비가들, 일기, 그리고
비슷한 경향의 몇몇 애정시가 서랍 속에 감춰져 있었다는 사

실, 게다가 앞에 인용한 시가 비더마이어 양식[30]의 여성용 달력 속에 들어 있었다는 사실은 놀랍다. 이것이 훨씬 더 스캔들을 불러일으킬 만하기 때문이다. 또한 극단적이라는 점에서는 괴테 역시 야만적이라고 비난받는 클라이스트 못지않기 때문이다. 물론 클라이스트는 시종일관 분명하게 자신의 의지를 따라간 반면, 괴테는 외견상 부드럽게 보이기 때문에 해석을 할 때 종교적이고 형이상학적이고 인식론적인 측면에서 어느 정도 구원의 가능성을 열어 두고 있다는 차이가 있다. 또한 클라이스트가 상처 입고 자극받으며 거칠게 행동하는 반면, 괴테는 우리를 언어적으로 기분 좋은 충만함으로 이끌 뿐만 아니라 나이에서 오는 성숙하고 현명한 태도로 우리의 마음을 달래 준다. 그래서 클라이스트를 사로잡았던 그 두려운 유혹, 죽음에 대한 에로틱한 동경으로부터 벗어나도록 해준다.

그동안 리하르트 바그너에 대해서는 별로 언급하지는 않았다. 하지만 「트리스탄과 이졸데」가 사랑과 죽음의 두려운 결합이라는 것은 충만하고 아름다운 가락도, 노랫말과 줄거리도 감출 수가 없다. 그 점은 벌써 1막의 서곡에서부터 나타난다. 1막에는 죽음의 음료가 나오는데, 그것을 그들은 사랑의 음료라고 부른다. 2막에서는 사랑의 밤이 〈정사(情死)에 대한 강렬한 동경〉을 위한 축복의 시간으로 변한다. 하지

---

30 19세기 전반에, 독일과 오스트리아에서 유행한 가구와 실내 장식의 한 양식. 간소하고 실용적인 면이 특징이다.

만 그것은 괴테의 고요한 촛불이 비칠 때 다가오는 〈낯선 느낌〉처럼 신중하지 않다. 그것은 오페라에 맞게 저절히 조절되었지만 괴테의 경우와는 반대로 환호성과 박수갈채 속에서 승리를 축하하듯 의기양양하게, 보다 원초적인 언어로 표현된다. 그리고 마지막 장에 이르러 드디어 사랑과 죽음이 하나가 된다. 트리스탄은 뜨겁게 동경하던 이졸데가 되돌아와서 자신을 치료하고 자신과 함께 살 수 있게 된 그 순간에 자신의 상처를 싸매고 있던 붕대를 찢어 내고 피를 뚝뚝 흘리며 절뚝이는 걸음걸이로 그녀에게 다가가 그녀의 품 안에서 죽는다. 그의 죽음이 타이밍을 제대로 맞추지 못했다는 점, 그리고 너무 일찍 왔다는 점에서는 잠시 이졸데를 혼란스럽게 만들지만 그녀는 차츰 열정에 휩싸여 트리스탄의 시체에 눈을 맞춘다. 그러고는 이졸데 역시 그의 품 안에서 죽음을 맞기까지 내내 오르가슴 상태를 유지한다. 약 7분 30초 정도 계속되는 이 상태는 음악사적으로 가장 긴 오르가슴 상태이다.

클라이스트는 1811년 11월 21일, 포츠담 근처의 반제 호숫가에 있는 어떤 언덕에서 짧은 일생을 마감한다. 경찰 보고서에 실린, 근처 여관 하녀의 진술에 따르면, 그녀는 〈한 쉰 걸음쯤 걸어갔을 때 첫 번째 총성을 들었다〉고 했다. 그 순간 그녀는 〈참 이상한 사람이네! 총을 가지고 장난을 치다니〉라고 생각하고 있었는데, 바로 그때 두 번째 총성이 들렸다. 첫 번째 총성이 울린 후 채 1분도 지나지 않았을 때였다. 첫 번째 총성이 울리고 두 번째 총성이 울릴 때까지 그는 다음과 같은 일을 했다. 우선 그는 자신과 동행한 여자(사람들은 그 여자를 클라이스트의 애인으로 부르기를 꺼리고 있다)를, 확실히 죽게 하려고 왼쪽 갈비뼈 사이로 심장을 관통시킨 여자를 똑바로 눕혀 놓았다(그녀는 행복한 미소를 지으며 똑바로 누워 있었다). 그러고 나서 이미 한 발을 발사한 총을 멀리 던져 버리고 새로 장전한 총을 집어 든 후(실수하지 않기 위해 그는 총을 세 자루 가져갔다), 그녀의 발 사이에 무릎을 꿇고 앉아 총알이 뇌를 관통하도록 자신의 입속에 총구를 넣고 발사했다.

오르페우스는 사랑 때문에 죽음을 받아들이지 못하는 사람들의 선구자이다. 물론 살아 있는 그대로 하데스의 어둠속 세계로 눈길을 던지거나 한 발자국 들어서려는 사람들은 있다. 하지만 오르페우스처럼 죽은 연인을 되살리기 위해 사자(死者)들의 나라로 들어가는 사람은 없다. 비록 이 일은 완전히 성공하지는 못했지만 오르페우스의 이름 옆에는 무수한 성공과 위대한 업적이 쌓여 있다. 그는 서정시의 원조이자 음률 예술의 원조로 통용된다. 유별나게 아름다운 그의 노래는 사람뿐만 아니라 동물과 식물, 생명이 없는 자연과 물질까지 매혹시키고 그들의 마음을 달래 준다. 따라서 오르페우스만이 적어도 가끔씩 예술의 힘으로 거칠고 야만적 세계를 문명화시킬 수 있었고, 예절을 알고 친절하게 만들 수 있었다. 그는 처음으로 결혼을 한 사람이면서 기이하게도 또한 남색(男色)의 시조이자 마법의 설립자로 통한다. 트라키아에서 시작된 그에 대한 숭배는 전 그리스로 퍼져 나갔고, 나중에는 로마로 확산되었으며 민간에서 하나의 종교로까지 발전되었다. 고대 말기에 이르기까지, 심지어 중세 초기까지도 오르페우스의 모습은 헤아릴 수 없이 다양한 형태로 변용되었다. 따라서 기독교 초기의 선지자들은 그의 인기를 이용하기 위해 그의 이미지 중 일부(예를 들어, 선한 목동의 이미지 같은 것)를 예수에게 부여하는 방식으로 자신들의 종교에 수용할 수밖에 없었다. 물론 오르페우스 숭배가 기본적으로는 우상 숭배라는 점, 모든 점에서 예수가 오르페우스를 능가한다는 점은 확실히 해두었다. 그 점은 가수로서의 능력에서도 마찬가지였다. 예수의 노래는 악마들, 다른 반신들, 그리고 지하의 신들까지 영원히 쫓아낼 수 있을 뿐만 아니라 가장 야만적인 짐승, 즉 인간까지도 길들여 하늘나라로 다시 데려갈 수 있었다. 또한 그는 그것을 넘어서서 가장 고귀한 한 사람의 인간으로서, 그리고 인류 전체를 대표해서 단순히 죽음을 되돌릴 것을 요구할 뿐만 아니라 스스로 죽음을 극복하였다. 그는 오르페우스의 실패와는 반대로 지나가는 길에 죽은 자들 가운데 몇 명의 생명을 되찾아 주기도 하였으니, 더 이상 두 사람을 비교하는 것은 의미가 없을 것이다. 그럼에도 불구하고 복음서들이 전하고 있는 나사렛 예수의 성공 사례들 중 대담함에서나 시적이고 신화적인 힘에서나 그 운 나쁜 트라키아의 오르페우스의 행위와 비견할 만한 나사로의 사례를 살펴보도록 하자. 이것은 예수의 기적 중 가장 상세하게 묘사된, 가장 유명한 소생 사례이다. 이야기는 다음과 같다.

예수와 친교를 맺고 있는 두 자매가 병상에 누워 있는 오빠 나사로를 위해 주님께 자신들의 집을 한번 방문해 주기를 요청한다. 그런데 예수는 어떻게 했던가? 자매의 첫 번째 요청에 일단 그는 응하지 않고 다음과 같이 말한다. 〈그 병은 죽을병이 아니다. 그것으로 오히려 하느님의 영광을 드러내고 하느님의 아들도 영광을 받게 될 것이다.〉 (우리는 이것을 복음사가 요한의 기록을 통해 알고 있다.) 여기서 예수는 오늘날 정치 지도자들이 예상하지 못했던 어려운 사건에 맞닥뜨렸을 때 하는 것과 똑같이 반응하고 있다. 즉 그는 반사적으로 그 사건을 자신의 은총에 대한 홍보에 이용하려 하는 것이다. 한 명의 병자가 병상에서 고통받고 있다는 사실은 그에게 별로 중요하지 않다. 더 중요한 것은 그 병자의 구원을 어떻게 하면 청중들에게 더 효과적으로 보여 줄 것인가, 그리고 그것을 통해 자신의 모습을 어떻게 더 고양시켜 포교 활동에 활용할 것인가 하는 점이다. 예수는 나사로가 죽을 때까지 기다림으로써 가장 극단적이고 잔혹한 방식을 택한다. 그리고 자신의 추종자들에게 〈이제 그 일로 너희가 믿게 될 터이니 내가 거기 있지 않았던 것이 오히려 잘된 일이다〉라고 말한다. 그런 일들이 다 이루어진 후에야 그는 아주 평온하게 자신의 추종자들과 함께 나사로의 마을로 들어간다. 벌써 나사로가 죽은 지 나흘이 지난 시점이었다. 실망이 컸던 나사로의 두 누이 마리아와 마르타는 〈주님, 주님께서 여기 계셨더라면 제 오빠는 죽지 않았을 것입니다〉라고 한다.

263

예수는 이 말을 자신의 권위에 대한 도전으로 받아들이고 모여든 문상객들 앞에서 두 여인을 나무란다. 그들은 울거나 비탄에 빠질 필요가 없고, 단지 자신을 하느님의 아들로 믿으면 된다고. 하느님의 아들에게 불가능한 일은 하나도 없다고. 이제 예수는 무덤으로 자신을 안내하라고 말한다. 그곳까지 가는 동안 뭔가 마음을 움직이는 일이 있었으니, 그것은 바로 사람들이 모두 지켜보는 가운데 예수가 눈물을 한 방울 흘린 것이다. 그것은 군중들에게서 즉시 기대했던 것 이상의 반향을 거두게 된다. 〈저것 보시오. 나사로를 무척 사랑했던가 봅니다〉라고 사람들이 중얼거린다. 일종의 구덩이 같은 곳에 시체를 돌로 덮어 놓은 무덤에 도착하자, 예수는 〈돌을 치워라〉고 명령한다. 그러자 두 누이 중의 한 여자가 죽은 지 나흘이나 지나서 냄새가 지독할 테니 그냥 두는 것이 더 낫겠다고 이의를 제기한다. 하지만 예수는 입을 다물고 그냥 믿으면 된다고 말하면서 다시 한번 그녀를 비난한다. 아니다. 방금 쓴 내용들은 예수의 말을 복음서 그대로 인용한 것은 아니다. 메시아는 선택된 자로서의 자신을 약간 드러낸 것일 뿐이다. 〈네가 믿기만 하면 하느님의 영광을 보게 되리라고 내가 말하지 않았느냐?〉라고 그는 말한다. 그제야 돌이 치워진다. 드디어 결정적 순간이 다가왔다. 군중들은 숨을 멈춘 채 앞을 바라본다. 우선 그들은 어두운 구덩이 속을 응시한 후 기대에 찬 눈빛으로 예수를 쳐다본다. 드디어 그들의 눈앞에서 기적이 펼쳐진다. 추종자든 적대자든 (그런 일에는 늘 적대자가 있기 마련이다) 청중들은 모두 예수의 말을 단 한마디도 놓치지 않으려고 귀를 쫑긋 세우고 손가락에 경련까지 일으키며 지켜본다. 『요한복음』이 이 광경을 너무도 상세하게 보고하고 있어 마치 텔레비전 중계로 스펙터클한 장면을 보는 것 같은 인상을 받는다. 없는 것은 단지 텔레비전 카메라뿐이다.

드디어 예수의 대역사가 이루어진다. 아직 구체적인 행동을 시작하기 전 예수는 잠시 지체하면서 자신의 임무를 청중들에게 고지한다. 이렇게 염치없이 공개적으로 선동가적인 목적을 드러내는 이 순간, 긴장이 고조된다. 예수가 고개를 들어 시선을 하늘에 계신 하느님을 향하고 아버지라 부르는 그분께 다음과 같이 말한다. 〈아버지, 제 청을 들어주셔서 감사합니다. 그리고 언제나 제 청을 들어주시는 것을 저는 잘 압니다. 그러나 이제 저는 여기 둘러선 사람들로 하여금 아버지께서 저를 보내 주셨다는 것을 믿게 하려고 이 말을 합니다.〉 말을 마친 예수가 드디어 시체가 묻혀 있는 구덩이를 향해 커다란 목소리로 말한다. 〈나사로야, 나오너라.〉

그러자 불쌍한 그 남자, 머리와 사지가 수의로 싸여 있고, 벌써 피부가 썩어 들어가던 그 남자가 자신의 무덤으로부터 눈부시게 밝은 빛 속으로 비틀거리며 기어 나온다. 드디어 넋이 빠진 군중들 앞에 그가 모습을 드러낸다. 〈그를 풀어 주어 가게 하여라.〉 예수가 침착하게 말한다. 예상대로 이 기적은 대단한 반향을 불러일으킨다. 그 자리에 있던 대부분의 유대인은 자발적으로 예수의 추종자가 되었고, 다른 사람들은 그의 기적을 온 나라에 알리고 다닌다. 또 몇몇 사람들은 직접 고위 사제들에게 가서 고자질을 한다.

사실 그들은 오래전부터 여기저기 떠돌아다니며 사람들을 선동하고 다니는 예언자를 눈엣가시처럼 생각하던 중이었기 때문에 여러 가지 정치적 이유로 반드시 그를 죽여야겠다고 결심하게 된다. 이런 연유로 나사로의 소생은 나사렛 예수의 유래 없는 기적 중 맨 마지막 이야기가 되며, 예수 자신이 예언하고 원한 대로 그분을 십자가에서의 죽음으로 이끈다. 예수의 선동가적인 추진력은 그 어떤 것으로도 막을 수 없다.

오르페우스 역시 결코 편안하게 죽지 못한다. 저세상에서 빠져나온 직후에, 즉 연인을 두 번째로 영원히 상실한 후에 그는 심한 우울증에 빠져 삶의 기쁨인 여인의 사랑을 거부하고 여기저기를 〈떠돌아다닌다〉. 베르길리우스는 자신의 작품에서 이것을 〈그는 에우리디케의 상실을 슬퍼하면서 끝없는 찬 서리를 맞으며 고독하게 북극 지방의 눈 덮인 초원을 헤매고 다녔다〉고 묘사해 놓았다. 그 점이 디오니소스적인 욕망을 갖고 있을 뿐만 아니라, 디오니소스적인 욕망의 대상이 되기를 갈망하던 트라키아의 여인들을 화나게 만들었다. 그래서 결국 여인들은 자신들을 거절한 젊은 음유 시인을 죽음으로 몰아넣어 그의 사지를 갈가리 찢어 버리고, 그의 머리를 하프에 매달아 가장 가까운 강물에 던져 버렸다. 그때부터 그 강에서는 비탄의 목소리가 멀리까지 울려 퍼졌다. 〈그는 잘 돌아가지 않는 혀로, 끊어질 듯한 숨소리로, 에우리디케의 이름을 애달프게 부른다.《아, 불쌍한 에우리디케!》

에우리디케를 부르는 목소리가 강물에 스치며 사방으로 퍼져 나갔다.〉

　오르페우스의 죽음은 체계적인 세계 구원 프로그램에 따라 〈이제 다 이루었다!〉 하고 결론 내릴 수 있는 그런 완성된 죽음이 아니다. 오르페우스의 삶은 단순하고 애통한 부름, 유일하게 사랑하는 여자에 대한 부름으로 끝이 난다. 오르페우스의 삶 역시 똑같은 비탄으로 시작되었다. 예수가 메시아로서 예언되고 탄생하고 일생 동안 오로지 메시아로서만 살아온 반면, 오르페우스는 비탄에 빠진 사람으로서 신화와 이야기의 주인공이 되었다. 오르페우스는 독사의 독에 자신의 젊은 아내를 잃었다. 하지만 도저히 그 상실을 참을 길이 없었기에 뭔가를 감행한다. 미친 짓으로 보이지만 오죽하면 그랬을까 하고 이해할 수도 있는 일, 감히 죽은 사람을 되살리고자 하는 일을 감행했던 것이다. 그것은 감히 죽음의 힘에 도전하는 것이 아니다. 죽음이 전하는 마지막 말 자체를 문제 삼고 있는 것이 아니다. 또한 온 인류의 영원한 생명을 얻기 위해 인류의 대표로서 죽음 자체를 극복하는 것은 그의 관심사가 아니다. 단지 그는 한 여자, 사랑하는 아내 에우리디케를 찾아오려고 하는 것뿐이다. 게다가 영원한 생명을 얻고자 하는 것도 아니다. 그냥 보통 사람들이 사는 만큼만 그녀와 함께 행복하게 지상에서 머물 수 있기를 원하는 것이다. 그러므로 지하 세계로 향하는 오르페우스의 여정은 결코 자살 기도로 해석할 수 없다. 그는 베르테르가 아니며 클라이스트도 아니고 트리스탄도 아니다. 물론 자살이 감행되기는 하지만 그것은 철저히 삶을 지향하는 자살이고, 그래서 그 자살은 절망적으로 생명을 얻고자 하는 노력의 하나로 해석되어야 한다. 바로 그 점 때문에 플라톤이 『향연』에서 그를 비난하고 있다. 『향연』에서 파이드로스는 〈연약한 연주자〉 오르페우스를 조롱하고 있다. 그는 오르페우스에게는 사랑을 위해 스스로 목숨을 끊을 수 있는 용기가 없기 때문에, 살아 있는 사람으로서 지하 세계로 들어가는 방법을 선택했다고 비웃었다. 그는 그것을 마치 어린아이들의 소꿉장난에서나 있을 법한 일이라고 했다. 잘 알려져 있다시피 사실 그 자신이 아폴론의 아들로서 확실히 올림포스의 신들과 인연이 있는데도, 오르페우스는 예수와 달리 전례가 없는 자신의 이 모험을 감행하는 데 신들의 도움을 요청하지 않는다. 오히려 그 반대로 그는 감히 죽은 자들의 세계로 들어감으로써 의식적으로 또한 의도적으로 신들의 질서에 맞선다. 하지만 그는 나사렛 예수가 한 것과 같은 행위는 하지 않는다. 그는 결코 자신의 행동을 널리 알리는 것과 같은 행동, 매스컴을 떠들썩하게 동원하는 것과 같은 행동을 하지 않는다. 그는 자신의 일을 널리 알리지도 않았을 뿐더러, 젊은이들이나 청중들을 이끌고 다니는 일도 하지 않는다. 그는 오로지 혼자서 악기 하나만 달랑 들고 길을 떠난다. 물론 그는 잘 알고 있다. 자신의 연주는 사람의 심금을 울릴 정도로 매혹적이고 아름답다는 것을. 그래서 지옥의 개도 입 다물게 만들고, 사람들을 저승으로 안내해 주는 카론도 자신의 임무를 잊게 만들며, 복수의 여신들도 기꺼이 침묵하게 만들 수 있다는 사실을. 또한 탄탈로스조차 자신의 고통을 더 이상 느끼지 못하게 하고, 시시포스도 잠시 하던 일을 멈추고 그의 음악에 귀를 기울이게 만들 수 있다는 것을. 그리고 마침내 지하 세계의 음울한 통치자들인 페르세포네와 하데스까지도 자신이 악기를 연주하며 노래하기 시작하면, 감동 없이는 자신을 쳐다보지 못하도록 만든다는 것을 잘 알고 있다.

그는 정말로 그렇게 했다. 적어도 오비디우스는 우리에게 그렇게 전하고 있다. 앞에서 이미 고백한 것처럼, 그것은 지극히 우리 인간들의 공감을 얻을 수 있는 행위이다. 그는 아무것도 요구하지 않는다. 그는 자신의 권리를 따지지도 않는다. 큰 소리로 사방을 향해 〈이리 와, 에우리디케!〉라며 울부짖지도 않는다. 그는 자신의 행동을 통해 아무것도 증명하려 하지 않는다. 그는 끝까지 겸손하고 현명하게 처신한다. 그는 부탁을 하고 협상을 할 뿐이다.

그는 결코 자신이 어둠의 영역을 침범하려는 것이 아니라고 말한다. 그는 자신이 어둠의 세계에 들어와 에우리디케를 풀어 달라고 요청하는 것은 사자들의 영혼에 대한 지하 세계의 통제권에 도전을 제기하는 것이 결코 아니라는 점을 강조한다. 〈확실히 당신들은 사자들에 대한 영원한 통제권을 가지고 있습니다. 그 점은 논란의 여지가 없으며, 그것은 물론 에우리디케에게도 분명히 적용됩니다. 단지 그녀의 경우에는 재난과 불행에 의해, 지상 세계에서의 잘못으로 인해, 생명줄이 너무 일찍 끊겨 그 불쌍한 여자에게 원래 주어졌던 시간을 빼앗기는 바람에 꽃도 열매도 피워 보지 못하고 죽었습니다. 물론 그녀도 언젠가는 죽은 자들의 세계로 분명히 다시 돌아올 것이며, 나 자신도 죽어야 할 다른 모든 유한한 존재들처럼 이곳에 올 것입니다.〉 이렇게 그가 아내의 생명을 다시 되돌려 줄 것을 요청했을 때, 즉 자신의 아내를 지상 세계로 다시 데려갈 수 있도록 허락해 달라고 요청했을 때, 그것은 소유권을 양도해 달라는 것이 아니라 시한부 대여를 해달라는 것으로 이해된다. 몇 년 후 혹은 몇 십 년 후에는 대여한 것을 분명히 다시 원래의 주인에게 되돌려 줄 것으로 믿었던 것이다. 어쨌든 그는 자신은 계산이나 나쁜 목적 혹은 호기심에서 지하 세계로 내려온 것이 아니라 오로지 사랑 때문에 그렇게 했다고 강조했다. 그리고 자신은 사랑은 그어느 누구도 막을 수 없는 일이며, 사랑의 빛은 심지어 가장 깊은 지하 세계의 깜깜한 어둠도 뚫고 들어갈 수 있다고 믿고 있다고 말했다. 일찍이 존경받는 지하 세계의 지배자들로 하여금 서로를 향해 이끌리게 만든 것도 바로 그 사랑의 힘이 아니었느냐고 했다. 사람들의 말이 맞다면, 하데스 님 자신도 젊은 시절에는 열정적인 사랑의 힘에 이끌렸기 때문에 동료 신들과 맺은 협정을 무시하고, 페르세포네를 꽃밭에서 이곳 지하 세계로 데려오지 않았느냐고 말이다. 저승의 지배자들은 젊은 시절의 추억, 자신들의 사랑의 기억을 떠올리는 것이 즐거웠다. 그래서 그들은 사랑을 위해 에우리디케를 풀어 주는 은총을 베풀기로 했다. 하지만 오르페우스에게 아내의 생명을 되찾아 떠나기보다 차라리 이곳 죽은 자들의 세계에서 계속 머무는 것이 어떻겠느냐고 했다.

이 모든 말을 그는 악기 연주에 맞춰 노래로 부른다.

편안하고 부드럽게 이어지는 오르페우스의 말은 나사렛 예수의 거칠고 호령하는 말투와는 구별된다는 점을 인정할 것이다. 예수는 열광적인 예언자였다. 그는 설득의 필요를 느끼지 않았고, 사람들에게 무조건적인 추종을 요구했다. 그가 하는 말들은 명령과 위협 그리고 언제나 반복되는 예언적인 말, 〈내가 너희에게 말하노니〉라는 것으로 채워져 있다. 한 개인이 아니라 인류 전체를 사랑하는 사람, 인류 전체를 구원하려는 사람은 어느 시대에나 그렇게 말한다. 하지만 오르페우스는 오로지 한 사람만을 사랑한다. 그리고 그 단 한 사람, 에우리디케만을 구원하고자 한다. 그렇기 때문에 그는 상냥하고 친절하게 변론하는 말투로 말한다. 말 그대로 다른 사람의 마음에 들고 싶고 우호적이고 싶기 때문이다. 그리고 결국 그의 말은 성공을 거둔다. 지하 세계의 통치자가 그에게 아내를 되돌려 준 것이다. 물론 여기에는 조건이 붙어 있다. 지상 세계로 올라가는 동안 결코 뒤따라오는 아내를 보기 위해 고개를 돌려서는 안 된다는 그 유명한 조건이다.

바로 여기서 그는 한 가지 실수를 범한다. (나사렛 예수는 결코 실수를 하지 않는다. 만약 그가 자신을 배신할 사람을 제자로 받아들인 일처럼 뭔가 명백한 실수를 했다면, 그 실수는 미리 계산된 것으로 성스러운 계획의 일부인 것이다.) 하지만 오르페우스는 초인간적인 계획을 세울 수 있는 능력이 없는 사람이고, 그렇기 때문에 인간으로서 언제든지 커다란 실수, 끔찍하게 바보 같은 실수를 할 수 있다. 바로 그렇기 때문에 우리는 다시 한번 그에게 연민과 동정을 느끼게 된다. 그는 자신의 성공을 대단히 기뻐한다. 도대체 누가 이 점에 있어 그를 비난할 수가 있겠는가. 그는 그 이전의 어느 누구도 성공하지 못한 일, 죽은 사람들로부터 자신의 아내를 다시 되찾아 오는 일을 해냈다. 그것보다 더 대단한 일이 뭐가 있겠는가. 아직 지상 세계로 올라가는 일이 남아 있기는 했지만 그는 거기에 무슨 위험이 숨어 있으리라고는 상상도 하지 못했다. 지옥문을 지키는 개도 없었고, 더 이상 복수의 여신들도 없었다. 그는 여행을 하면 되는 것이었다. 아니 그들, 오르페우스와 가장 고귀한 허가증을 가지고 그의 뒤를 따라오는 아내가 함께 여행을 하기만 하면 되는 일이었다. 그런데 도대체 무슨 일이 일어난단 말인가? 아무 일도 일어날 수가 없다. 이제 그는 이겼다, 승리를 쟁취했다고 생각한다. 그리고 자신의 행운에 도취되어 다시 노래를 부르기 시작한다. 물론 이번에는 비탄의 노래가 아니라 생명과 사랑과 에우리디케에 대한 기쁨의 찬가였다. 그런데 그는 자신의 노래의 아름다움에 도취한 나머지 그로 인해 일어날 수 있는 위험, 즉 더 이상 위험에 대해 생각하지 않는 것이 바로 위험이라는 사실을 간과했다. 왜냐하면 이 위험은 바로 그 자신으로부터 나오는 것이었기 때문이다.

오르페우스는 예술가이다. 우리는 그 점을 기억해야 한다. 다른 모든 예술가들처럼 그 역시 허영심으로부터 자유롭지 못하다. 아니, 그 역시 자신의 예술에 대한 자부심으로부터 자유롭지 않다고 말하는 것이 좋겠다. 그는 많은 다른 예술가들처럼 자신을 바라보고 자신의 말에 귀를 기울이고, 자신에게 박수를 보내거나 적어도 자신의 노래에 반응을 보이는 청중을 의식하고 있었다. 청중의 반응을 보고 그는 자신의 노래가 어떤 영향을 미치는지를 측정할 수가 있다. 지하 세계로 내려갈 때 그는 이 영향을 분명히 확인할 수 있었다. 오비디우스가 묘사했듯이, 체포되기 직전에 창백한 영혼들이 그의 노래를 듣고 눈물을 흘렸다. 앞에서 언급한 대가들뿐만 아니라 무수히 많은 이름 없는 사자들까지도 그의 노래에 감동을 받았다. 그의 노래를 들은 사람들은 그의 발밑에 무릎을 꿇었다. 무려 그 숫자가 수백만 명에 이르렀다고 한다. 그런데 지금 여기, 곳곳에 땅이 갈라져 틈새가 보이는 길을 따라 다시 지상 세계로 올라가고 있는 이 길에서는 도대체 아무런 소리도 들을 수가 없었다. 죽은 자들의 세계로부터는 아주 멀리 떨어졌으나 아직 산 자들의 세계에는 충분히 가까워지지 않는 이 길에서는 단 한 사람, 자신의 뒤를 따라오고 있는 단 한 사람의 소리 이외에는 아무 소리도 들을 가능성이 없었다. 그런데 그 사람조차 아무 말도 하지 않는다. 도대체 왜 아무 말도 하지 않는가? 그들이 그녀에게 말하는 것을 금지시킨 것인가? 〈브라보!〉라거나 〈정말 멋져!〉 정도의 말은 할 수 있지 않은가? 아니면 적어도 기쁨이나 감동으로 손뼉이라도 쳐줄 수 있지 않은가? 도대체 아직 내 뒤에 있기는 한 건가? 따라오는 도중에 그녀가 길을 잃어버린 것은 아닌가? 혹시 그녀는 한 번도 자신의 뒤를 따라오지 않은 것은 아닌가? 어쩌면 그들이 그를 속이려고……. 계속 노래를 부르며 걸어가는 동안 그는 이렇게 많은 생각을, 무서운 생각들을 떠올렸다. 사실 그는 보통의 정상적인 사람들이라면 누구나 그랬을 것처럼 신경이 극도로 예민해져 있었다. 어쩌면 그들이 처음부터 그를 속였을 수도 있다. 다른 방법으로는 도저히 그를 떠나보낼 수가 없었기 때문에 단지 그를 떠나보낼 목적으로 속였을 가능성이. 그러니까 어쩌면 아내는 처음부터 자신의 뒤를 따라오지 못했을지도 모른다. 뒤를 돌아보지 말라는 이 유치한 조건, 이 무의미한 명령은 그것이 속임수임을 깨닫지 못할 때에만 의미가 있는 것이 아닌가? 그래서 되돌아가기에도 이미 너무 멀리 올 때에만 의미가 있는 것이 아닌가? 그래, 난 너무 멍청해서 그들의 속임수에 넘어갔을지도 모른다. 그게 속임수인지도 모르고 멍청이처럼 기쁘게 노래하면서 황량한 황무지를 마치 엄마의 자궁 속처럼 생각하고 혼자 걸어왔을지도 모른다……. 그래도 그는 여전히 노래를 부르고 있었다. 그것도 점점 더 크게 노래를 불렀다. 왜냐하면 분노와 점점 더 고조되는 절망감 때문에 자신의 옆에 도대체 누가 있는지, 청중이 누가 있는지 알아내야 했기 때문이다. 에우리디케, 에우리디케!

어떤 오페라 가수도 청중에게 등을 돌린 자세로 계속 노래할 수는 없다. 설사 오페라 감독이 수천 번 달콤한 유혹이든 위협이든 그것을 요구한다고 해도 그는 계속 그렇게 할 수는 없다. 그것은 예술의 본성에 어긋나기 때문이다. 본질적으로 모든 예술가는 자기 자신의 영혼을 밖으로 표출하기 위해 무대에 등장하며, 따라서 자신의 예술이 청중에게 어떻게 반영되는지를 볼 수 있도록 방향을 잡아야 한다. 그렇기 때문에 아무리 금지를 하더라도 언젠가는 그렇게 할 수밖에 없다.

뒤를 돌아봐서는 안 된다는 조건과 어쩌면 처음부터 모든 것이 속임수였을지도 모른다는 이중의 의혹에 시달리는 오르페우스는 사실 놀랍도록 오래 그것을 견딘다. 하지만 베르길리우스에 따르면, 빛이 퍼져 오는 문지방 건너편에 거의 다 도달했을 때, 그래서 이제 몇 걸음만 더 가면 지상 세계에 도달할 수 있는 지점에 도달했을 때 오르페우스는 자제력을 잃어버린다. 추측컨대, 어쩌면 그는 아내가 자신의 뒤에 있을 것이라는 기대를 이미 오래전에 버렸을지도 모르겠다. 그래서 그는 신들의 속임수에 넘어가 주겠노라고, 분노와 복수에 스스로를 맡겨 버리겠노라고 생각했을지도 모르겠다. 그런데 놀랍게도, 정말 놀랍게도, 고개를 돌리자 아내가 거기 있었다. 자신에게서 두 걸음도 채 떨어지지 않은 거리에. 하지만 벌써 두 사람 사이에는 이승과 저승의 경계가 가로놓여 있었다. 자신의 잘못으로 인해 그는 아내를 잃어버렸다. 아내를 보고 오르페우스가 놀란 것처럼 에우리디케 역시 그를 보고 깜짝 놀랐다. 그녀는 영원히 슬픈 눈빛으로, 하지만 비난은 아닌 그런 눈길로 오르페우스를 바라보았다. 그러고는 거의 들리지도 않을 정도로 작은 소리로 〈안녕, 잘 가요〉라고 인사한 후 다시 지하 세계로 떨어졌다.

오르페우스의 이야기는 여전히 우리를 감동시킨다. 왜냐하면 그것은 좌절에 대한 이야기이기 때문이다. 사랑과 죽음이라는, 인간 실존의 수수께끼 같은 두 개의 근원적 힘을 서로 화해시키려는 노력, 두 힘 중에서 더 강한 힘을 약한 힘과 화해시키려는 시도는 결국에는 실패로 끝이 난다. 그에 비해 죽음과 관련된 예수의 이야기는 처음부터 비참한 최후에 이르기까지 의기양양하게 승리를 구가한다. 예수가 인간적인 연약함을 보인 경우는 딱 두 번뿐이다. 겟세마네 동산에서 아주 잠깐 자신의 의무에 대해 의심을 품었을 때와(〈아버지, 아버지의 뜻에 어긋나는 일이 아니라면 이 잔을 제게서 거두어 주십시오.〉), 그리고 비통함 속에서 전혀 예기치 못했던, 그리고 일어나리라고 예상할 수 없었던 마지막 말(〈나의 하느님, 나의 하느님, 어찌하여 나를 버리셨나이까?〉)을 하며 십자가에 못 박혔을 때이다. 물론 이 마지막 절망적 외침은 단지 신약의 첫 두 복음서에서만 나타나며, 좀 더 나중에 쓰인 『누가복음』과 『요한복음』에는 정치적으로는 올바르지 않은 말로 간주되고 있는 것인지 더 이상 나타나지 않는다. 그 대신 자의식이 들어 있는 말, 〈아버지, 제 영혼을 아버지 손에 맡깁니다!〉 내지는 이미 앞에서도 언급된 말 〈이제 다 이루었다!〉라는 말로 대체된다.

그렇다면 사랑은 어디 있는가? 우리가 지금껏 말해 온 욕망과 충동에 좌우되는 에로스는 어디로 갔단 말인가? 그런 것은 없다. 예수의 경우에는 에로스는 나타나지 않는다. 악마는 예수를 유혹하려 할 때 벌써 그 점을 잘 알고 있었다.

아리따운 아가씨나 미소년으로 이 까다로운 젊은 목수를 유혹할 수는 없다는 것, 그 사람의 관심을 끄는 유일한 것은 권력이라는 사실을 그는 잘 알고 있었다. 그래서 악마는 자기 앞에서 무릎을 꿇고 굴복하면 이 세상 전부를 통치할 수 있는 권력을 주겠다고 예수에게 제안하는 것이다. 하지만 알다시피 그것은 소용없는 일이었다. 왜냐하면 예수는 결코 권력을 포기할 생각은 없지만, 다른 권력, 더 커다란 권능을 떠올렸기 때문이다.

이렇게 늘 모든 것을 헤아릴 수 있고, 자신의 감정을 제어할 수 있고, 결코 에로스의 도취에도 빠지지 않기 때문에 나사렛 예수는 매우 냉정하고 근접하기 어렵고 비인간적이라는 느낌을 준다. 아마도 우리는 그에게서 너무 많은 것을 요구하고 있는지도 모르겠다. 어쩌면 사실은 그는 인간이 아니라 신이었을 것이다.

오르페우스는 그 점에서 우리와 아주 가깝다. 기뻐 어쩔 줄 모르다가도 금세 변덕을 부리고, 맹목적인 용기는 없으나 어느 정도 문명화되어 있고, 빈틈없고 현명하나 완전히 치밀하지는 못하다는 점에서 그는 우리와 닮았다. 또한 오르페우스는 좌절에도 불구하고 완전한 인간이었다. 아니, 바로 그 좌절 때문에 그는 의심할 바 없이 더 완전한 인간이었다.

인용 문헌

이 에세이에는 다음 저서들로부터 인용된 내용이 포함되어 있다. (책에 수록된 순서대로.)

플라톤, 『향연』
『플라톤, 소크라테스의 대화, 4개의 대화 편』 중에서, 브루노 스넬 편집, 프랑크푸르트, 피셔 출판사, 1953년.

플라톤, 『파이드로스 혹은 미에 관하여』
쿠르트 힐데브란트의 독일어 번역, 슈투트가르트, 필립 레클람 출판사, 1979년.

스탕달, 『연애론』
프란츠 헤셀의 독일어 번역, 부록: 저자의 몇몇 단편과 유고 한 편, 프란츠 블라이의 주석, 취리히, 디오게네스 출판사, 1981년.

토마스 만, 『일기 1949~1950』
잉게 옌스 편집, 프랑크푸르트 암 마인, S. 피셔 출판사, 1991년.

필리프 아리에스, 『죽음 앞에 선 인간』
한스호르트 헨셴과 우나 파우의 독일어 번역, 뮌헨, 도이체
타셴부흐 출판사, 1982년, 1999년.

하인리히 폰 클라이스트, 『전집 및 서간』 2권
헬무트 젬트너 편집, 뮌헨, 카를 한저 출판사, 1952년, 1986년.

요한 볼프강 폰 괴테, 『서동시집』
막스 뤼히너 편집, 취리히, 마네세 출판사, 1963년, 1994년(4판).

요한 볼프강 폰 괴테, 『젊은 베르테르의 슬픔』
슈트트가르트, 필립 레클람 출판사. 1952년, 1986년.

리하르트 바그너, 「트리스탄과 이졸데」
〈총보를 실은 텍스트북〉, 슈트트가르트, 필립 레클람 출판사,
2003년.

베르길리우스, 『농경시』 4권
루돌프 알렉산더 슈뢰더 판, 전집 5권, 베를린/프랑크푸르트 암
마인, 주어캄프 출판사, 1952년.

오비디우스, 『변신』 10권
에리히 뢰슈 편역 『독일 시선』 중에서, 다름슈타트, 과학 도서
협회, 1983년.

과연 사랑은 무엇인가?

사람들의 세속적 관심을 거부하고 오로지 작품만으로 독자를 만나고 있는 언어의 연금술사 파트리크 쥐스킨트가 〈사랑과 죽음〉이라는 친숙한 주제를 들고 오랜만에 다시 우리 곁으로 찾아왔다. 에세이 「사랑과 죽음에 대하여」는 2005년 1월, 독일에서 개봉된 영화 「사랑의 추구와 발견」에 대한 일종의 해설서라 할 수 있다. 하지만 영화의 주제에 대한 단순한 해설 차원에 머무르지 않고 고금을 넘나들며 문학, 철학, 음악 등에 대한 풍부한 이해를 바탕으로 사랑과 죽음의 문제에 대한 자신의 생각을 깊이 있고 세련되게 전개하고 있어 하나의 독립된 작품으로서 손색이 없다. 아니, 오히려 그 이상이라 할 수 있다. 소설을 읽을 때는 주인공의 심리를 통해 간접적으로밖에 짐작할 수 없었던 쥐스킨트의 내면세계가 에세이에서는 더욱 직접적으로 드러나고 있어 은둔하는 쥐스킨트에 대한 독자들의 궁금증을 어느 정도 풀어 주는 기회가 될 수 있을 듯하다.

〈오르페우스 이야기〉의 현대적인 변용이라 할 수 있는 영화 「사랑의 추구와 발견」에서는 유명 작곡가와 여가수의 사랑을 통해 과연 사랑이 죽음을 뛰어넘어 영원히 지속될 수 있을지, 그 가능성을 모색하고 있다. 그런데 모티브로 이용된 오르페우스 이야기를 통해서도 예상할 수 있듯이, 여기서도 사랑과 죽음의 화해는 결국 실패로 끝나 버린다. 그럼 이제 우리는 영화의 결말에 따라 이 세상에 영원불멸한 사랑은 없다고 결론 내려도 될 것인가? 쥐스킨트 역시 사랑의 영원불멸성에 부정적인 입장이라고 해석해도 괜찮을 것인가?

우리의 고민이 시작되는 바로 이 지점에서 쥐스킨트의 에세이는 이야기를 풀어 가기 시작한다. 〈과연 사랑은 무엇인가?〉 하는 고민 말이다. 현실에서는 물론 소설, 영화, 드라마 등의 예술을 통해 우리는 날마다 다양한 사랑의 모습을 접한다. 하지만 그 다양한 모습이 모두 사랑임을 인정한다고 할 때 그것들을 사랑이라는 이름으로 묶을 수 있는 공통적인 특징은 과연 무엇인가? 막상 사랑의 공통점을 추출해 내려고 하면, 즉 사랑이 무엇인지 정의를 내리려고 하면, 제사(題詞)로 인용된 아우구스티누스의 말처럼 막막해지는 게 사실이다(사실 여기서 아우구스티누스가 알 것 같으면서도 모른다고 한 것은 〈시간〉이었다). 이런 막막함 때문인지 이미 도처에 사랑의 이야기가 만연해 있어도 새로운 사랑 이야기가 또 끝없이 생겨나고 있다. 사랑에 대한 탐구가 끝없이 이어지는 것이다. 우리는 묻는다. 사랑이 과연 무엇이냐고.

사랑은 과연 무엇인가? 남녀가 사랑을 느끼는 근본 원인은 무엇인가? 사랑에는 어떤 조건이 필요한가, 아니면 사랑은 맹목적인 것인가? 남녀 사이의 사랑은 영원할 수 있는가, 아니면 순간적인 환상에 불과한가? 성과 사랑의 관계는 무엇인가, 사랑은 성관계의 전제 조건인가? 사랑이 없는 성관계는 도덕적으로 인정될 수 있는가, 없는가? 남녀의 사랑은 이기적인가, 이타적인가? 〈너만을 사랑해〉라는 말은 아름다운 낭만인가, 배타적 소유욕의 표현일 뿐인가? 사랑은 과연 얼마나 오래 지속될 수 있는가? 사랑은 사람들을 현명하게 만드는가, 멍청이로 만드는가?

위에 든 예들처럼 우리는 끊임없이 사랑에 대해 의문을 제기한다. 하지만 제기되는 질문은 많지만 실제로 명확한 해답은 주어져 있지 않은 것을 보면 〈사랑〉에 과연 어떤 구체적인 실체가 존재하는 것일까 의문이 든다. 쥐스킨트가 언급하고 있는 세 가지 사례 역시 거의 공통점을 찾기 힘들 정도로 상이한, 사랑에 빠진 인물들의 모습을 보여 준다. 그러한 상이함에도 그들의 관계를 사랑이라고 부를 수 있는 이유가 있을까? 물론 세 쌍의 사례에서 굳이 공통점을 찾아본다면 상대방에 대한 맹목적인 열정, 상대방 이외의 사람들에 대한 배타적인 무관심, 이성의 상실 같은 것들이다.

하지만 이런 특성은 일부에서는 오히려 진정한 사랑과는 거리가 먼 것으로 보고 있다. 에리히 프롬은 자아 상실로 이어지는 순간적이고 열정적인 감정에 휩싸인 소비적인 사랑에 비판적인 입장을 취한다. 그는 생산적이고 능동적이며, 또한 자신의 존재감이 동반되어야만 진정한 사랑이라고 본다. 때문에 그에 따르면 사랑은 아무나 하는 것이 아니라 성숙한 자아를 가진 사람만이 할 수 있는 능력이다. 하지만 과연 그런 것만이 사랑인가? 사랑에 그와 같은 기준을 설정하는 것이 과연 타당한 일인가? 그러한 높은 기준을 충족하는 것만을 사랑으로 보는 것은 오히려 너무 비인간적인 것이 아닐까? 물론 사랑은 서로를 숭고하고 영원한 불멸성으로 이끌 수 있다. 하지만 우리 인간은 완벽한 존재인 신이 아니므로 사랑을 함에도 불구하고, 아니, 사랑을 하고 있기 때문에 속물적이고 맹목적인 모습들을 보여 준다.

이 점에서 쥐스킨트 역시 에리히 프롬식의 금욕주의적이고 경건주의적인 사랑관보다는 사랑이 세속적이고 맹목적이라는 사실을 앎에도 불구하고 불완전하고 모순투성이인 사랑을 있는 그 자체로 인정하는 듯이 보인다. 금욕주의적이고 냉소적인 입장에 서게 되면 인간의 이기적인 욕망, 욕정, 사랑에 대한 요구는 위선적이고 비도덕적인 것이 된다. 하지만 쥐스킨트는 맹목성, 열정, 이성의 상실까지 포함한 사랑의 다양한 측면들을 있는 그 자체로 인정하고 있는 것이다. 사랑이라는 범주에는 정의 내리기 어려운 다양한 측면들이 포함되어 있기 때문이다. 어쩌면 그 모든 현상들에 〈사랑〉이라는 용어를 공통적으로 사용하는 것이 적절하지 않을지도 모르겠다. 하지만 사랑을 한마디로 정의하기 어렵다고 해서 결코 사랑의 실체까지 부정할 수 없다는 사실을 우리는 알고 있다. 우리는 사랑이 실재함을 믿고 있다. 그리고 또한 이렇게 사랑을 한마디로 정의 내릴 수 없기 때문에 사랑에 대한 무수한 논의는 있어 왔고, 또 앞으로도 계속 이어질 것이다. 사랑에 대한 쥐스킨트의 논의가 다음에는 작중 인물들을 통해 새로운 모습으로 변주되어 나타나기를 기대해 본다.

지은이 **파트리크 쥐스킨트** 전 세계적인 성공에도 아랑곳없이 모든 문학상 수상과 인터뷰를 거절하고 사진 찍히는 일조차 피하는 기이한 은둔자이자 언어의 연금술사. 소설가 파트리크 쥐스킨트는 1949년 뮌헨에서 태어나 암바흐에서 성장했고 뮌헨 대학과 엑상프로방스 대학에서 역사학을 공부했다. 어느 예술가의 고뇌로 가득한 모노드라마 『콘트라바스』와 평생을 죽음 앞에서 도망치는 기묘한 인물을 그려 낸 『좀머 씨 이야기』 그리고 2천만 부의 판매 부수를 기록하며 유례없는 성공을 거둔 『향수』 등으로 알려졌다. 영화감독 헬무트 디틀과 공동 작업한 시나리오와 에세이를 엮은 『사랑』은 사랑하는 이를 되찾아 오기 위해 죽음과 맞서는 시인 오르페우스의 신화를 소재로, 그간 여러 작품에서 천착해 온 사랑과 죽음 그리고 예술의 문제를 유머러스하면서도 깊이 있게 다루고 있다.

지은이 **헬무트 디틀** 독일을 대표하는 영화감독으로 1944년 바트비제에서 태어났으며 수많은 TV 시리즈와 영화를 만들었다. 1992년에 발표한 「슈톤크!Schtonk!」는 아카데미상과 골든 글로브상의 수상 후보로 동시에 오르기도 했다. 40년 지기인 파트리크 쥐스킨트와는 영화 「로시니」(1997)와 「사랑의 추구와 발견」(2005)의 시나리오를 함께 쓰고 책으로 각각 발표하였다. 헬무트 디틀은 2015년 뮌헨에서 숨을 거두었다.

옮긴이 **강명순** 고려대학교 독어독문학과를 졸업하였으며, 동 대학원에서 박사 학위를 받았다. 현재 전문 번역가로 활동하고 있다. 옮긴 책으로는 파트리크 쥐스킨트의 『향수』, 샤를로테 링크의 『폭스 밸리』, 『죄의 메아리』, 『속임수』, 헤르만 코흐의 『디너』, 헬무트 슈미트의 『헬무트 슈미트, 구십 평생 내가 배운 것들』, 파울 요제프 피벨스의 『미하엘』 등이 있다.

사랑

발행일   2006년 2월 15일 초판 1쇄
          2011년 11월 20일 초판 12쇄
          2020년 4월 20일 신판 1쇄
          2022년 4월 15일 신판 2쇄

지은이   파트리크 쥐스킨트·헬무트 디틀
옮긴이   강명순
발행인   홍예빈·홍유진
발행처   주식회사 열린책들

경기도 파주시 문발로 253 파주출판도시
전화 031-955-4000 팩스 031-955-4004
www.openbooks.co.kr

Copyright (C) 주식회사 열린책들, 2006, 2020, *Printed in Korea.*
ISBN 978-89-329-2027-6 03850

이 도서의 국립중앙도서관 출판예정도서목록(CIP)은 서지정보유통지원시스템 홈페이지(http://seoji.nl.go.kr)와 국가자료공동목록시스템(http://www.nl.go.kr/kolisnet)에서 이용하실 수 있습니다.(CIP제어번호: CIP2020011780)